シャーロット・テンプル

スザンナ・ローソン 作
山 本 典 子 訳

溪 水 社

スザンナ・ハズウェル・ローソン（1762-1824）
家族所蔵の肖像画

まえがき

スザンナ・ローソン

世の中には経験が浅く、軽はずみな行動をなさるお嬢さま方が跡を絶ちません。そのような方々にぜひ読んでいただきたくて、この『本当にあった話』を書きました。どうか読者の皆様はこの物語を単なる空想の産物ではなく、現実のものと考えて下さい。この物語にはもとになった出来事があるのです。その出来事が起こってまもなく、シャーロットを知っていたある老婦人から、私はこの話を聞きました。老婦人はその不幸な出来事の当事者たちが誰なのか、場所がどこなのか教えてくれませんでした。そのように不完全な状態では皆様に物語をお聞かせできませんので、私は虚構のヴェールを全体に掛け、思いつくままに選んだ名前や場所を用いました。このささやかな物語に登場する主だった人々は、今や静かに墓の中に眠っています。ですから、おそらく誰の気持ちも傷つけることはないでしょう。この物語の中では、人生の入り口に立ったばかりの世間知らずで初《うぶ》な少女に予期せぬ災いが次々と襲いかかります。この少女だけではありません。助言をしてくれる友もなく、自らを導く知識もない若い女性が世の中には数知れません。この少女の苦難をつぶさに読んで、そのような方々に少しでも世の中を知って欲しいと願うあまり、私はこの物語を書いたのです。

不幸なシャーロットの運命を思うと、私の目は同情の涙で濡れてしまいます。ふと、私自身にも子供が生まれ、この物語が役立つかも知れぬと心はささやくのです。さらに、他の人々をも思いやるよう心は申しました、もし私自身の子供に役立つのであれば、他の娘たちにもきっと役立つであろうと。親しい人々から引き離され、間違った教育に害されて、異性の罠《わな》ばかりか、同性の不品行な女たちのもっと危険な悪巧みにもさらされながら、自分を守るための力を全く持たない娘たちが、冷酷な世間に投げ出される時、きっとこの物語が役立つにちがいないと。

近年、数多くの作品が世に出されております。その中で一介の小説家が文学史上に名声を得る機会は極めて少ないと言わざるを得ません。しかし、私はただ女性の幸せを切に願う心でこの物語を書きました。何故なら、女性の道徳心や行為こそが人類全般に多大な影響を及ぼすからです。そのことを私は重視しております。この物語において、私は人々に間違った考えを伝えたり、また堕落した願望を人の心にかき立てるような文は一行たりとも書いておりません。この物語を書いた動機と意図の純粋さに私は満足しております。たとえこの物語が人々の称賛に値しなくとも、私は非難を恐れてはおりません。

この物語を読んで、哀れなシャーロットを破滅させた同じ過ちから、一人でも不幸な女性が救われることがあれば、あるいは、娘を思って心配する親の心を不安と惨めさから救うことができれば、なんと嬉しいことでしょう。そのささやかな行為を振り返って私は満足感に浸るのです。その満足感は、極めて優雅に書かれてはいても、読む人の心を堕落させ分別を失わせがちな作品に与えられる称賛からは、決して得ることができない程大きなものなのです。

目次

挿し絵はすべてヴァージニア大学アルダマン図書館の好意によるものである。

シャーロット・テンプル

Charlotte Temple:
A Tale of Truth

第一部

第1章　寄宿学校

「町中でも歩いてみようか?」モントラヴィルはテーブルの席を立ちながら、友人のベルクールに言った。「町中でも歩いてみようか？　それとも馬車を頼んでポーツマスの営舎へ直行するかい、どうする?」ベルクールはせっかくの時間を有効に使いたかった。そこで二人は町を散策かたがた、教会帰りの女性たちについてあれこれ品定めするため、ぶらりと外へ出た。

モントラヴィルは陸軍中尉で、ベルクールはモントラヴィルの同僚である。彼らは独立革命で風雲急を告げるアメリカ植民地に向けて出発しようとしていた。そして友人たちに別れを告げるためこの地にやって来たのだが、用事も済んだ今、ポーツマスに帰るところであった。ポーツマスではこの二人の所属部隊がアメリカへ行くための乗船命令を待っていた。彼らは食事のためチチェスターに立ち寄ったが、暗くなる前にポーツマスに到着するにはまだ時間があった。そこで若いモントラヴィルとベルクールは日曜の午後でもあるし、礼拝帰りのチチェスターの女性たちの品定めをすることにしたのである。

彼らは十分好奇心を満足させることができた。しかし特に心ひかれるほどの美人にもお目にかかれず宿屋に引き上げようとしていた。ちょうどその時、寄宿学校の校長デュ・ポンが女生徒たちを従えて教会から出て来たのである。無垢な少女たちの集団は当然のことながら若い二人の注意を引きつけずにはおかなかった。彼らは思わず立ち止まり、その小さな行列が通りすぎるのを見ながら無意識に帽子を取って敬意を表した。一人の背がすらりと高く、上品な少女がモントラヴィルを見てぽっと顔を赤らめた。彼は直ちにシャーロット・テンプルの顔だちに気付き、ポーツマスの舞踏会で一緒に踊ったことを思い出した。あの時、まだ十三歳にすぎなかったこの少女を彼はとても愛らしい子供としか思わなかった。しかし二年の間に彼女は美しく成長していたのである。通り過ぎる時、彼女のほんのり上気した頬を見て、モントラヴィルの胸に嬉しい予感が生まれた。自分に再会した喜びと恥じらいがこの少女の頬を染めたのかもしれないと自惚れ、彼は再びその少女に会いたいと願った。

「あれほど愛らしい少女は二人といないね」宿屋に入りながらつぶやくモントラヴィルに、ベルクールは目を丸くした。「君はあの娘に気付かなかったのかい?」モントラヴィルは続けた。「青いボンネットをかぶったあの娘は、青い、愛くるしい目ですっかり僕の心をかき乱してしまったよ。」

「よせよ、」ベルクールは言った、「これから戦争をするアメリカ人のマスケット銃の弾丸が、二ヵ月もしないうちに君をもっとひどい目に合わせるかもしれないよ。」

「僕は将来については一切考えないことにしてるんだ。今を、この現在を思い切り生きることに決めたんだ。だからあの少女が誰なのか、どうすれば会うことができるか僕に教えてくれるなら、どんな悪魔の使いとでも喜んで交渉するんだがね。」

だが、どんな悪魔の使いもその時は現れず、呼んでいた馬車が戸口までやって来た。モントラヴィルとベルクールはやむなくチチェスターとその町で見初《みそ》めた美しい少女に別れを告げ、旅を進めることになった。

しかし、シャーロットの面影は深くモントラヴィルの心に残り、容易に拭い去れなかった。彼はまる三日間彼女のことを考え、彼女に会うための計画に心を砕いた。そして計画の成行きは運に任せ、チチェスターに引き返すことにした。町外れに着いた時、彼は馬から降りて、召使を馬とともに先に行かせ、目的の場所へと進んで行った。その場所、広大な公園の真ん中に、愛らしいシャーロット・テンプルが暮らす館が立っていた。モントラヴィルは壊れかけた門から身を乗り出してその館に目を凝らした。寄宿学校を囲む塀は高かった。おそらく館の中では、生徒を監督する舎監たちは大切な生徒を誘い出されぬよう百の目を持つと言われるギリシャ神話の番人アルゴスよりももっと警戒していたことであろう。

「こんな企ては現実離れしているな」彼はつぶやいた。「たとえうまくあの娘に会えたとしても、それでどうなるというのか。数日もすれば僕はイギリスを去らねばならない、そして二度と帰って来ないかもしれない。それなら何故、僕はこの愛らしい少女の心を懸命にとらえようとするのか？　その結果、何も知らない少女の心を多くの不安や動揺でかき乱すだけだというのに。ポーツマスに帰ろう、あの娘についてはもう考えないことにしよう。」

いつしか日は暮れ、安らかな静寂があたりを覆い、純潔な夜の女王が銀色の三日月の光でほのかに夜空を照らしていた。モントラヴィルの心も周囲の静寂によって静められ、落ちつきを取り戻したのであった。「あの娘のことはもう考えまい」そう言って、彼はその場を立ち去ろうと向きを変えた。ちょうどその時、公園に通じる門が開いて、二人の女性が現れ、腕を組んで歩きながら公園を横切り始めたのである。

「せめて、この人たちを見極めてから――」彼は彼女たちに追いつき、夕べの挨拶をして、町のもっと人通りの多い場所までお供したいと申し出た。返事を待ちながら、大きなボンネットの陰にシャーロット・テンプルの顔を見つけた時、彼はどんなに喜んだことか。

まもなく彼はその学校のフランス語教師をしている連れのラ・ルー嬢に気に入られる方法を見つけ出した。別れ際に、彼は用意しておいた手紙をシャーロットの手の中に、そして金貨五ギニーをラ・ルー嬢の手の中に滑り込ませて、翌日の夕方再び公園にシャーロットを連れ出す約束を取り付けたのだった。

第2章　家庭の事情

シャーロットの父、テンプル氏はある貴族の家の末息子に生まれた。貴族とはいえ、財産に乏しく、その暮らし向きはその家柄の古さや格式に対して一族が抱いている誇りとはかけ離れていた。テンプル氏の兄は無愛想な女性と結婚した。没落する貴族の威厳をなんとか支えようとする目的からであった。しかし、その結婚は兄をいっそう惨めにするものでしかなかった。またテンプル氏の姉たちはそれぞれよぼよぼの金持ち貴族と結婚した。その老人たちの持つ貴族の称号が世間的な名声を与えてくれると思ったからだった。彼女たちは社会的地位も上がり、経済的にも豊かになったが、心身ともに一層惨めになっただけであった。「僕は世間体や見せかけのためには結婚しないぞ。心の満足のほうが大切だからな」と、テンプル氏は思った。「僕は心の満足を求めるのだ。愛する人が小さな田舎の家の出身でもいい。僕はその人を王女様のように誠実に愛してゆこう。」

テンプル氏は年収五百ポンドくらいの小さな地所を所有していた。それでなんとか妻の財産をあてにせずにやってゆけそうなので、彼は心の命ずる人と結婚し、収入の範囲内でつつましく生活しようと決心していた。彼は人情に厚く、寛大な心を持ち、困っている人々に出会うと、自分の持っているものの一部を喜んで分け与えた。

テンプル氏が不幸な人々のために尽力することは広く知られていたので、人々は彼の助言と援助をしばしば請い求めた。彼は自分の出費をできるだけ切り詰め、困っている正直者を見つけては、貧窮の中から助け出してやることも珍しくはなかった。

「君の善意はすばらしいね」ある日、一人の若い将校が彼に言った。「そこで、僕は君の善意を生かすすばらしい材料をぜひ君にあげたいんだ。」

「困っている人の力になれるなら、なんでも言ってくれて結構だが、僕に強制することはできないよ。」

「では、一緒に来てくれたまえ」その若い将校は言った。「実は、ある立派な人物がとてもひどい場所に住んでいるんだ。しかし、彼には慰め支えてくれる天使が一人そばにいる。もしその天使がいなければ、あの男はとっくの昔に我が身の不幸で押し潰《つぶ》されていたに違いないんだ。」若者は胸がつまってそれ以上言葉を続けることができなかった。さらに質問して彼の感情を高ぶらせたくなかったので、テンプル氏は黙って彼の後に付いて行った、そして彼らが到着した所はラドゲートの近くにある債務者専用のフリート刑務所であった。

その若者はそこに収容されているエルドリッジ船長に面会を求めた。案内の役人が先に立って汚い階段を上がり、見すぼらしい独房に通じるドアを指さしながら、そこが船長の部屋だと告げて去って行った。

ブレイクニという名のその若い将校がドアをノックすると、流れるように柔らかな声が「どうぞ」と答えた。彼はドアを開けた。その部屋の光景に驚いてテンプル氏はその場に立ち尽くした。

刑務所内のその部屋は、狭苦しく、粗末であったが、清潔に片付いていた。肘掛け椅子には海軍大尉の制服を着た老人が座っており、手で頭を支え、前に置かれた本にじっと目を注いでいた。服は擦り切れていた。しかし、外見のみすぼらしさ故に老人を軽蔑して恥じ入らせてはならない。むしろその人物の真の価値が分からぬ者こそ自らを恥じて赤面すべきである。

この老人のそばで一人の美しい乙女が一心に扇子に絵を描いていた。彼女は百合のように清らかであったが、悲しみがその頬のバラを半分も開かぬうちに摘み取っていた。彼女の目は青く、薄い鳶色の髪は黒いリボンで丸く結われ、質素なモスリンの帽子の下に一部隠されていた。この娘は白い木綿のワンピースを着て、無地の紗のネッカチーフを結んだだけの質素な装いであったが、テンプル氏にとっては宮廷の美女たちが華麗に飾りたてた姿よりも、はるかに魅力的に見えたのであった。

彼らが部屋に入ると、老人は椅子から立ち上がり、真心を込めてブレイクニと握手しながら、テンプル氏に椅子を勧めた。その部屋には椅子が全部で三つしかなかったので、老人は戸惑うこともなく自分の小さなベッドの端に座った。

「ここは」と、老人はテンプル氏に言った、「とうてい立派な方々をお迎えできるような場所ではありません。しかし、人は置かれた立場に順応しなければなりません。ここにいる理由に恥じるところがないかぎり、私はこの場所を恥ずかしいとは思いません。この不幸は私たちの責任ではありません。このかわいそうな娘ルーシーがいなければ——」

哲学者然としていたその老人はここで突然父親になってしまった。彼は急いで立ち上がり、窓の方へ歩いて行きながら、誇り高い海軍軍人の頬を汚すまいとそっと涙をぬぐった。

テンプル氏はエルドリッジの娘ルーシーに目をやった。透明な涙の一雫《しずく》がそっと彼女の目から流れ出て、描いているバラの上に落ちた。「まるで彼女を象徴しているようだ」テンプル氏は心の中でつぶやいた。「若く健やかなバラは苦悩の涙を注がれると、やがてしぼんでしまう。」

「私の友人ブレイクニは」テンプル氏は老人に話しかけた、「私が貴方のお役に立てると言ってここに案内してくれました。どうか、ご老人、貴方の悩みを和らげるには、どうすればよいかお教え下さい。喜んでお力添えしたいと願っています。」

「親切な若いお方」エルドリッジ老人は言った、「あなたは分かっておられない。自由を奪われているかぎり、私は不安から開放されることはないのです。しかし、そのようなことより、私が本当に心配なのは命より千倍も大切なこの娘ルーシーのことなのです。私は哀れな年寄りです。数年もすれば静寂と忘却の中に沈んで行かねばなりません。私がいなくなった時、誰が世間の荒波や屈辱の残酷な手からこの清らかな純潔の蕾を守ってくれるのでしょうか?」

「ああ、お父様!」父親の手を優しく取りながら、ルーシーは叫んだ、「私のことは心配なさらないで下さい。だって私は毎日、私とお父様の命が同じ瞬間に終わりますよう、一つの墓に私たち二人が同時に入れますよう神様にお祈りしていますから。たった一人の身内を奪われては、私、とても生きては行けませんもの。」

テンプル氏はひどく心を打たれ、涙を浮かべて言った。「お二人とも長生きなさり、幸福な日々を過ごされることを祈ります。元気を出して、さあ、元気を出して下さい。これら束の間の逆境の雲は、順境の陽光をそれだけ快いものにすることでしょう。しかし、こうしてはいられません。誰が貴方の債権者か、彼らの要求は何なのか、そして貴方を解放するのに必要なことをくわしく教えて下さい。」

「話は簡単です」エルドリッジ氏は言った、「しかし、思い出すのも辛く胸が痛くなるのです。ですが、こんなにも率直に親切に言って下さる方に、私は現在の辛い状態に至った事情を残らずお話しせずにはおれません。ところで、おまえ、」娘に呼びかけながら、彼は続けて言った、「お客さまがここに居て下さる間に、せっかくだから、外気を吸いに少し散歩しておいで。行きなさい。さあ、今日はこれで帰っていいよ。

明日いつもの時間におまえを待っているからね。」
そこでルーシーは愛情を込めて父の頬にキスをし、その言葉に従ったのである。

第3章　思いもよらぬ不幸

「私の人生には」と、エルドリッジ老人は言った、「ここ数年前まで取り立てて言うほどの事件はありませんでした。私は若くして海軍に入り、長年たゆまぬ忠誠心をもって我が国王に仕えてきたのです。二十五歳の時、ある気立てのよい女性と結婚し、やがて長男のジョージと、たった今ここから出て行ったあの娘を授かりました。息子は才能に恵まれた、気骨のある若者でした。私は息子に紳士にふさわしい教育を受けさせようとわずかばかりの収入をつぎ込みました。その甲斐あって息子は勉学に励み、目覚ましい成果をあげ、私たちの不自由な生活に十分に報いてくれました。息子は在学中に資産家の若者ルイス氏と付き合い始めました。成長するにつれ、彼らの友情はますます深まり、二人は無二の親友となったのです。」

「息子のジョージは陸軍軍人の道を選びました。私には息子に将校の地位を確保するための友人もいなければ財力もなかったので、息子には海軍に入ってほしいと願っていました。しかし、海軍に入ることは息子の望みではなかったので、私はそのことを彼に切り出すのをやめました。

ルイスと息子ジョージの付き合いは気兼ねのないもので、ルイスは我が家に自由に出入りするようになりました。そしてあの男の態度は常に誠意に溢れているように見え、ジョージの将来に関して私どもが抱える問題を逐一彼に語らずにおれませんでした。ルイスは熱心に私の話に耳を傾け、ジョージが陸軍将校になるために必要なお金をいくらでもご用立てしましょうと申し出てくれました。

私は有り難くその申し出を受け、返済のための証文をルイスに渡しました。ところが、いつでも私の都合のよいときに支払ってくれればよいからと言って、ルイスは私に返済期日を明記させなかったのです。ちょうどその時、娘のルーシーが学校から帰って来ました。まもなく私はルイスの眼差しが気になり、娘に好意を持っているのではないかと疑い始めたのです。それで娘には彼に気を付けるように、そして何かあれば母親に相談するようにと注意しました。娘はすなおで純真な子でした。私が心配していたとおり、ルイスは娘に愛を告白しました。娘はそのことを私たちに打ち明け、自分の心はルイス氏の好意に少しもとらわれてはいないので、お父様お母様のお考えに喜んで従いますと言って私たちを安心させてくれました。

ほどなく折をみて、私はルイスに娘のルーシーにどのような気持を持っているのかとたずねたのです。するとルイスは曖昧な煮え切らぬ返事をしました。それで私は彼に私たちの家への出入りを禁じました。

その翌日のことです。ルイスは私に貸した金の返済を請求してきました。私にはその請求に応ずる力はありませんでした。そこでお金を工面するため彼に三日ほど猶予を申し入れました。こんな卑劣な男に恩義を受けるより、むしろその三日の間に私の給料の半分を抵当に入れて必要なお金を工面し、妻が所有するわずかな年金で暮らそうと決心したからです。しかし、この短い猶予《ゆうよ》も私には許されなかったのです。その夜危険が迫っていることなどつゆ知らず、夕食の席についていた時、一人の役人が家に踏み込んで来て、すがりつく家族から私を引き離し連行して行ったのです。

ここ暫く体調を崩していた妻にとって、このような突然の恐ろしい破産は心身ともに耐えきれない打撃でした。私は自分の住まいから侘しい壁に囲まれた牢獄に向かう時、妻が気を失って召使の腕の中に倒れ込むのを見たのです。父と母への心配で取り乱した哀れなルーシーは、床にくずおれ、弱々しい力を振り絞って必死に私を引き止めようとしましたが、叶いませんでした。役人は無理やり娘の腕を引き放したのです。娘は悲鳴を上げて床に倒れました。いや、お許しください。あの夜の恐怖を思い出すと、つい取り乱してしまいます。私にはこれ以上続けられません。」

彼は椅子から立ち上がり、部屋の中を行きつ戻りつした。やがて、少し落ち着きを取り戻して、大きな声で言った——「ああ、私は何と無力なのか！　子供同然だ！　お客人、海上での戦いでは私はこのように無力に感じたことは一度もなかったのです。」

「よくわかりますとも」テンプル氏は言った、「真に勇敢な魂の持ち主は人間の情愛に対して極めて敏感なものです。」

相手の言葉に満足感を浮かべながら老人は答えた、「こうした人間の情愛というものは真実であり、心痛むものですが、私はそれらを禁欲主義者が哲学と間違えている無感動と取り換えたくはありません。これらの激しい感情、この幸、不幸への鋭敏な感受性がなければ、私はどれほど多くの素晴らしい歓びを気付かずに見過ごしてきたことでしょうか。ですから、お客人、賢明なる神の配剤による運命の杯を、差し出されるがままに受けましょう。善に感謝し、悪のもとでは忍耐し、そして悪が栄える理由をあえて問わないことにしましょう。」

「これこそ本物の哲学だ」テンプル氏は感動して言った。

「これが人生の逆境と和解する唯一の方法なのです」老人は答えた。「いやいや、もう私の悲しみは申しますまい。これ以上あなた方の忍耐に甘えてはなりません。さて、私の気の重い話を続けましょう。

私が牢獄に連行されたその晩に、連隊と共にしばらくアイルランドに駐留していた息子のジョージが家に帰って来ました。母親と妹のルーシーが気も狂わんばかりに語る経緯《いきさつ》を聞き、息子は私の逮捕を画策した張本人を知りました。そして、その夜のうちに、傷つけられた愛情に駆り立てられるように、不実な友ルイスの家に飛んで行き、この残酷な仕打ちの理由を問い詰めました。冷静で慎重な悪党特有のずうずうしさで、ルイスはルーシーへの恋心を臆面もなく認めました。そればかりか、釣り合いのとれないルーシーの身分と財産では、自分はルーシーと結婚するわけにはいかないと言い放ったのです。その上、不遜にもルイスが言うには、もし兄のジョージが妹を、自分のような立派な男に囲われて光栄ある生活を送るよう説得するなら、すぐにでも父親を釈放し、ルーシーには望みのままの財産を与えようと言ったのです。

男として、また軍人として侮辱されたことにかっとなって、息子はその悪党ルイスを殴打《おうだ》し、そのため決闘することになりました。それから息子は近くのコーヒーハウスに行き、ルイスを家族に紹介したことで、彼を債権者にしてしまい、その結果家族皆に避けがたい破滅をもたらしたことを悔い、ひどく自分自身を責めた長い手紙を父親の私に書きました。むろんそれは愛情のこもったものでした。その中で息子は翌朝自分の身にどんなことが起ころうとも、そのために嘆き悲しんで、苦悩を増すようなことは決してしないでほしい、と私に懇願していました。父親をこれ以上苦しめることは耐えがたいと息子は思ったのです。

手紙は翌朝早く私の所に届けられました。それを読み終えた時の私の気持は述べることができません。慈悲深い神が間にお入りになられたと言えば十分でしょう。ほぼ三週間、私は意識不明となり、人間の力では耐えられないほど悲惨なその後の出来事を知る由もなかったのです。

高熱と激しい精神錯乱に襲われた私の命は絶望視されました。が、日が経つうちに、疲労困憊《こんぱい》した私の身体は休息に入り、数時間の静かなまどろみが私に理性を取り戻してくれたのです。しかし、私の体は極度に衰弱していましたので、ぼんやりと他人事のように自分の災難を感じるだけでした。

目覚めてすぐ私の目に映ったものはベッドのそばに座っている娘のルーシーでした。その青ざめた顔と黒い服を見て、息子のジョージのことをたずねることができませんでした。というのも、ジョージから受け取った手紙のことがすぐ思い出されたからです。徐々に他のことも記憶に戻ってきました。私は逮捕されたことを思い出しました、しかし何故この部屋にいるのかはどうしても分かりませんでした。私が意識を失っている間にここに運ばれて来たからです。

ほとんど口もきけないほど衰弱していた私はルーシーの手を握りしめ、もう一人の愛しい姿を探して必死に部屋を見回しました。

『おまえの母さんはどこにいるのかね？』弱々しくたずねました。

哀れにも娘は答えることができませんでした。ただ黙って首を左右に振るだけでした。しかし、これほど雄弁に真実を語る言葉はありませんでした。娘はベッドに身を投げ出し、私にすがりついて、わっと泣き出しました。

『なんと！　二人とも亡くなったのか？』私は言いました。

『二人とも』努めて感情を抑えようとしながら、娘は答えました、『でも、きっと、二人とも幸福ですわ。』」

ここでエルドリッジ氏は言葉を呑んだ。あまりにも辛く、話を続けることができなかったからである。

第4章

運命の逆転

「数日過ぎてから」落ち着きを取り戻したエルドリッジ氏は続けた、「やっと病気中に起こったことについて、私は思い切ってたずねてみました。勇気を奮い起こして、母と兄はいつ亡くなったのか娘に聞きました。娘の話では、私が逮捕された翌朝早く、兄のジョージが再び帰宅し、母の具合を気づかい、ほんの数分間滞在すると立ち上がり、別れ際にはひどく取り乱していたというのです。それでも兄は母と妹に、気をしっかり持って、万事がうまく行くよう希望を持ちつづけるようにと厳しく言い置きました。その後二時間ほども過ぎたでしょうか、妻と娘が朝食を取りながら、私を釈放してもらうため何か手だてはないものかとあれこれ苦心している時、激しくドアが叩かれました。急いでルーシーがドアを開けると、二人の男が血だらけの兄を運び込んだのです。男たちは決闘の場所からジョージを担架に乗せて運んできたのでした。

病気と前夜の私が逮捕された一件のショックで弱り切っていた哀れな母親はこの衝撃に耐えることができませんでした。苦しそうに喘《あえ》ぎながら、気も狂わんばかりにやつれ果てた顔をして、瀕死の息子が運び込まれた部屋に這《は》うようにたどり着きました。妻はベッドのそばにひざまずき、息子の冷たい手を取りながら、『かわいそうな息子よ、母さんはおまえから離れはしないよ。ああ、夫よ！　息子よ！　二人とも同時にいなくなってしまった。慈悲深い神よ！　私をお救い下さい！』と言って、激しく体を痙攣《けいれん》させ、二時間後に息を引き取りました。その間にも外科医がジョージの傷の手当てをしていましたが、傷は手の施しようのない状態でした。ジョージは家に運び込まれた時から二度と意識を取り戻すことなく、その夜、妹の腕の中で息を引き取ったのでした。

すべてが終わった時はもう夜も更けていましたが、優しい娘のルーシーは気丈にも私の牢獄にやって来ました。『放っておかれたと思うと、父はどんな気持ちになるかしら？　それに、神がお与えになったこの厳しい試練について、父にどのように知らせたらよいのか？』と、娘は思ったのでした。

慰め手伝うために家に来てくれていた親切な近所の人々に、亡くなった母と兄の世話を頼み、娘は私が投獄されている刑務所にやって来ました。娘が中に入ると、私は前に述べたように意識不明の状態だったのです。

このような辛い瞬間にどのようにして娘が自分自身を支えたのか、私にはとうてい分かりません。きっと、神が娘と共にあり、一人残された父親の命だけでも何とか取り止めたい一心で、娘は母と兄を失った悲嘆に暮れる余裕がなかったのでしょう。

私の状況はどうしようもないものでした。わずかばかりの私の知人も全く私を助けることはできませんでした。妻と息子が親族の眠る墓地に埋葬された時、債権者たちは私の家と財産を差し押さえましたが、それでは借金返済に十分ではないとして、私に対して拘禁の継続を申し立てました。友人は誰一人として救いに来てはくれませんでした。母と兄を埋葬した墓地から、娘のルーシーは瀕死の状態の父に付き添ってこの刑務所にやって来たのです。

この債務者専用の刑務所に来てほぼ一年半になります。債権者たちに返済するために報酬の半分を私は放棄しました。そして娘が、時には見事な針仕事によって、時には絵を描いて、懸命に働いて私を支えてくれています。娘は夜になるとここから橋の近くの安宿に帰り、朝にはまたここに戻って来て、微笑みと従順な愛情で私を元気づけてくれるのが日課なのです。かつてある親切な婦人が自分の家族の所に来て一緒に安心して暮らすようにと娘に申し出てくれました。しかし、娘は私のもとを離れようとはしませんでした。『父と私はお互いがすべてなのです』と、娘は言いました。『有り難いことに、私は天から授かった才能を生かすための健康な体と気力に恵まれています。ですから、もし愛する父を支えるために私の才能を使うことができれば、きっと私でも少しは父の役に立つことでしょう。父が生きている限り、この仕事を続ける力を私にお与え下さいと神に祈ります。そして私たちの一方を召されることが神の思し召しならば、止むを得ぬ別れに耐える諦めと勇気を残された者にお与え下さいますように！　その時まで私は決して父のもとを離れません。』」

「ところで、冷酷な迫害者のルイスはどこにいるのですか？」テンプル氏はたずねた。

「ルイスはあれ以来ずっと外国に行っています」老人は答えた。「しかし、出発する前に、最後の一銭が支払われるまで私の借金の証文を決して放棄しないようにと、弁護士に厳命して行ったのです。」

「それで、負債の額は全部でどれほどなのですか？」テンプル氏はたずねた。

「五百ポンドです」老人は答えた。

テンプル氏は一瞬たじろいだ。それは予期していた額よりはるかに多かったからである。「とにかく、何とかしなければなりませんね。あんな美しい娘さんが牢獄であたら若い人生をすり減らしてはなりません。明日またお会いしましょう、それでは」と、彼は言って、エルドリッジ老人と握手をした。「元気をだして下さい。人生の喜びと苦悩は光と陰のように背中合わせなのです。きっと、不幸にうちひしがれた経験は幸福の輝きを一段と眩《まぶ》しいものにすることでしょう。」

「あなたは妻と息子を失ったことがないからそのように言えるのです」老人は言った。

「そうかもしれません」テンプル氏は答えた、「ですが、愛する人々を失った人に同情することはできます。」エルドリッジ老人はドアの方に一緒に行きながら、テンプル氏の手を黙って強く握りしめた。

フリート刑務所の外へ出た時、テンプル氏は友人のブレイクニに、あのような同情に値《あたい》する人物を紹介してもらって感謝していると礼を述べた。それから町に用事があるからと言って、ブレイクニと別れた。

「さて、この不幸に打ちひしがれた老人のために何がしてやれるだろうか」と、ラドゲート・ヒルを登りながらテンプル氏は考えた。「ああ、あの老人の負債を即座に支払ってやるほどの財産が私にあればよいのだが。そして父親が釈放された喜びと、その恩人への感謝の念で、ルーシーの美しい瞳がきらきら輝くのを見ることができれば、私は嬉しくて天にも昇る心地がするだろう。そうだ、エルドリッジの窮乏に比べれば、私の財産だって十分な方ではないか、いや、有り余ると言わねばなるまい。勇敢で立派な船長エルドリッジ老人が牢獄のなかで飢えているというのに、安楽と豊かさの中で私は何をしているのだ。年に三百ポンドもあれば私には必要なものや、欲しいものはすべて賄《まかな》えるはずだ。とにかくエルドリッジ老人を自由にしてやらねばならない。」

心に意志が生まれるとき、善行を行うための手段はすぐに見つかるものだ。

テンプル氏は若く、感情は温かくそして激しかった。まだ世間を知らぬ彼の心は、俗世の詐欺《さぎ》や偽善にまみれて無感覚になってはいなかった。人々の苦しみに同情し、人々の欠点を見過ごし、すべての人の心は彼自身の心と同様寛大であると考えた。そして不幸な人間がいると最後の一ギニーでさえも彼は喜んで分かち合う気でいた。

そのような男が——慎重に！という分別の声に耳も貸さず——即座に自分の財産の一部を抵当に入れ、エルドリッジ老人を救い出すためのお金を作ろうと決意したのは少しも不思議ではなかった。

この際、かくも性急に彼を行動に駆りたてた理由についてはあまり詮索しないことにしよう。彼は直ちにその計画を実行した、と言えば十分である。そして不幸な老船長に初めて会ってから三日後に、老船長は自由になったのである。感謝の気持で溢れんばかりのルーシーの潤んだ瞳と、感極まったとぎれとぎれのお礼の言葉に、テンプル氏は苦労も報われ、至福を味わったのであった。

「なあ、おまえ、」ある朝、テンプル氏の父親は息子に言った、「最近足繁くあの老人と娘のもとを訪れているのは、どういうつもりなんだ？」

テンプル氏は返答に詰まった。彼は今まで自分自身にそんなことをたずねたことなどなかったからだ。不意を突かれて言葉に窮している彼に父は続けた。

「つい二・三日前に初めて、わしはおまえがあの父娘《おやこ》と知り合いになった経緯《いきさつ》を人づてに聞いた。そしてあの父親のためにおまえが借金の肩代わりをするなどという無謀なことをしたのは、ただその娘に対するおまえのご執心のためだと思っている。おまえの財産を抵当に入れるよう口説いたのはあの女の手練手管に違いない。」

「手練手管ですと、父上！」テンプル氏はかっとなって叫んだ。「ルーシー・エルドリッジは非の打ち所のない女性です。ましてや手練手管など、とんでもありません、あの人は――」

「気立てがよくこの世で一番愛らしい」父親は皮肉っぽく息子の言葉をさえぎった。「なるほど、おまえの意見ではあのお嬢さんはすべての女性が見習うべき美徳の手本だろう。だが、おまえはこの美徳の鑑《かがみ》に対して何を考えているのかな。よもやあの娘と結婚などして、愚行の仕上げをするつもりではないだろうな。」

「心の美しさで選びとった女性との暮らしを支えるために私の財産があるのなら、あの人以外に結婚の幸福を約束してくれる女性はいません。」

「ならば頼みがある、息子よ、」父親は言った、「おまえの地位と財産はおまえの王女様とやらが期待しているものにはとても及ばないだろう。ここはひとつ、ウェザビー嬢に目を向けてくれないか、この姫君は年収三千ポンドの地所しか持っていないのだが、今おまえがご執心の娘よりおまえにふさわしい。ウェザビー嬢の父上がかたじけなくも昨日おまえとの縁組を求めて来られたのだ。この申し出をよく考えて判断するがよい。いいかね、ウェザビー嬢との結婚によって、おまえはルーシー・エルドリッジをもっと気前よく援助できるのだぞ。」

父親は肩を怒らせて堂々と部屋から出て行った。一方、テンプル氏は驚きと屈辱と怒りで茫然とその場に立ちすくんでいた。

第5章　世の中は分からない

ウェザビー嬢はある金持の一人娘であった。両親に溺愛され、召使達にはおだてられ、そして友人にさえ意見されることはついぞなかった。次の短い詩はその状況を見事に述べたものである。

造化の神がその姿形を優雅に飾りし麗しき乙女
されどその胸にはいかなる美徳も輝くことなく
その冷たき心は他人の悲しみを感じたることなし
その無情の手は病める人の寝床を整えしことなく
また、囚われ人の重き鉄鎖を緩めたることもなし
ただチューリップの花のごとく人々の目をとらえ

賞賛されるためだけに生まれ、そして朽ち果てる
その麗しき乙女の死を惜しむ者三界に一人もなく
この世でその存在を覚えて落涙する者ついぞなし

ウェザビー嬢はまさにそのような女性であった。彼女の姿は造化の神の傑作と見紛うほどに美しかったが、知性は粗野で、心は人情味に欠け、情熱は激しかった。そして頭の中はお世辞や、遊興や、快楽で渦巻いていた。そのような孫娘を祖父は溺愛して、莫大な財産を残し、彼女は独立した女主人になったのである。

彼女はしばしばテンプル氏を見ていた。そして、彼とでなければ決して幸せにはなれないと思い込み、さらに自分のような美貌と財産を持った女性がよもや拒絶されるなどとは夢にも思わなかったのである。そこで彼女は自分の言いなりになる父親に働きかけ、テンプル氏の父、老D＊＊伯爵にテンプル氏との縁組を申し出させたのだった。

伯爵はその申し出を丁重に受けた。それは息子ヘンリー・テンプルにとって素晴らしい縁組だと思えたからである。その上、伯爵は極めて当世風の男だったので、息子

がエルドリッジ老人の娘と交際するにしても、正妻の存在が障害になるなど想像だにしなかった。

不幸なことに、テンプル氏の考えは父親とは全く違っていた。父と交した会話によって、はからずも自分の心がはっきり分かったのである。つまり、どれほど豊かな財産があろうとも、それをルーシー・エルドリッジと分かち合うのでなければ、自分は少しも幸福にはなれないと気付いたのだった。ルーシーの心根の清らかさと自分自身の心の真実を知った今、父がある女性との縁談について話し始めたその考え方に、彼は嫌悪感を抱かずにはおれなかった。なぜなら、その女性との結婚の目的はただ彼女の莫大な財産によって、彼が本当に自分の心を捧げている他の女性を堂々と愛人にすることであり、その結果、妻にした女性をも傷つけてしまうからである。それゆえ彼はウェザビー嬢の申し出を断り、結果がどうなろうとも、ルーシー・エルドリッジに求婚しようと決心した。

自分の固い決意をはっきり述べたため、彼は父と言い争いになり、二度と父の面前に姿を現すなと申し渡された。テンプル氏は黙って一礼した。あまりのことに物が言えなかったのである。そのまま家を飛び出し、エルドリッジ老人とその心優しい娘ルーシーに彼の悲しみの理由を伝えようと急いだ。

一方、父親の伯爵はこれほどの金蔓《かねづる》を逃してなるものかと躍起になり、ウェザビー嬢の求婚者として自分自身が名乗り出ることに決めた。

あのすべての欲望の原動力、野心は何という奇跡をもたらすことか。――恋い焦がれていた乙女は、最初テンプル氏の拒絶を聞いた時、泣きわめき、髪を掻きむしり、そして自分の財産でプロテスタントの女子修道院を創設し、修道院長になって、冷淡に背を向けた男の目から永遠に姿を隠すと誓った。

ウェザビー嬢の父親は世馴れた男であった。彼は娘の茫然自失がひとまず鎮まるのをじっと待ち、それから非常に注意深く老伯爵の申し出を彼女に打ち明け、肩書が上がることから生ずる多くの利点について細かく説明したのである。伯爵夫人となり、同時に義理の母としてテンプル氏の前に現れた時の彼の驚きと無念さを色鮮やかに描いてみせた。それから、急いで尼になる誓いをたてる前に、よく考えるようにと娘を懇々と諭《さと》したのであった。

傷心の乙女は涙を拭き、辛抱強く話を聞き、そしてついに、息子によって与えられた侮辱に最も確実に仕返しをするにはその父親と結婚することだと思うと断言した。

そしてその言葉通り、数日後に彼女はD＊＊伯爵夫人となったのである。

テンプル氏はその知らせを何とも言いようのない思いで聞いた。彼はルーシーへの恋心を公言することによって父の寵愛を失ってしまった。もうそれを取り戻すことは望めなかった。「だが、僕は父に嫌われたからといって、へこたれはしないぞ」彼は心に誓った。「ルーシーと僕には世俗的な野心などない。抵当に入れた借金が返済されるまで、しばらくの間年三百ポンドで十分暮らしていける。それ以後は快適な生活に必要なものばかりではなく、多くの細々とした生活を彩るものも持つことができるだろう。ルーシー、小さな田舎家を買うことにしよう」と、彼は言った。「そこでお父上と一緒にひっそりと暮らそう。私たちはこの世の栄耀栄華や、贅沢や、遊興を忘れよう。幾らか牛を飼って、あなたはその農場の女王になるのです。朝、僕が菜園の世話をしている間に、あなたは籠を腕に抱え、いそいそとニワトリやアヒルに餌をやりに行くのです。そして鳥たちが喜んであなたの周りをばたばた飛び交う時、あなたの父上はスイカズラの絡《から》まるあずまやでパイプを燻《くゆ》らします。あなたの麗《うら》らかな顔を見ながら、すばらしい本物の喜びが心に満ちていくのをお感じになり、いつしかお父上はかつての不幸を忘れて下さるでしょう。」

ルーシーはにっこりした。その微笑みを見てテンプル氏は求婚を承諾してくれたのだと理解した。彼は趣味にあう田舎家を探しだし、そこで愛と婚姻の女神とともに、三人はひっそりと幸せに暮らし始めた。そして穏やかな至福の長い年月の間、自分たちのささやかな財産の枠を越える望みを抱くことはなかった。豊かさと共に思慮深さが彼らの食卓を司《つかさど》り、もてなしが彼らの門に立ち、平和が各々の顔に微笑み、満足が各々の心に君臨し、愛と健康が彼らの枕にバラの花をまき散らしたのである。

シャーロット・テンプルの両親はそのような人たちであった、そしてシャーロットはそのような両親の唯一の愛の結晶であった。ある友人の熱心な勧《すす》めで、シャーロットは母親から受けていた教育の仕上げをデュ・ポン校長の女学校で受けることになった。最初の章でシャーロットを読者に紹介したのはその学校での場面である。

第6章　女教師の悪巧み

デュ・ポン校長は、女生徒たちのしつけと教育を天職とするのに非の打ち所のない女性であった。しかし、様々な科目を教える女学校の教育全般に一人で気を配るのは不可能である。当然、補佐の教師に頼らざるを得ないわけだが、彼女たちの倫理観や関心事は多種多様であった。上流階級の親たちが娘に常に見習ってほしいと願うような人々ばかりとは限らなかった。デュ・ポン校長を補佐する教師たちの中に、ラ・ルー嬢がいた。彼女は人好きのする容姿と応対ぶりに加えて、教養と淑女の礼儀作法を装う術《すべ》を身につけていた。ある夫人が彼女をその学校に推薦したのだが、その夫人の人間愛はかなり度を越していたと言わざるを得ない。というのも、その夫人はラ・ルー嬢がフランスのある修道院から若い将校と駆け落ちし、一緒にイギリスに来るとすぐに、あらゆる道徳的宗教的しきたりに真っ向から逆らって複数の男たちと同棲していたことを知っていたからである。それでも、この夫人はラ・ルー嬢がどん底まで落ち込んだ後、過去を悔い、これからは正直な生活を送るという懺悔の言葉を信じ込み、自分の家族の中に受け入れた。その後、彼女のような才気ある女性にうってつけの仕事だと思い、自分の家の者としてデュ・ポン校長に彼女を推薦したのである。しかし、ラ・ルー嬢は冒険なしにじっとしているにはあまりにも多情な女性だった。いつも出かける教会で、彼女の姿はその地区の紳士席にいたある青年の注意を引き、彼女は密かに彼に会うようになった。そしてその夜も、果物やお菓子などをご馳走したいというその青年の知人の別荘に招待されていた。ラ・ルー嬢は女生徒を数人連れて来るよう求められ、お気に入りのシャーロットに白羽の矢を立てたのである。

乙女は楽しそうな機会にすぐ夢中になる。いまだ純粋で汚れを知らない彼女たちは男女の集いの陰に危険が潜んでいようとは考えもしない。気付いた時には遅すぎて避けられないのである。シャーロットに同行するよう誘った時、ラ・ルー嬢は招待してくれた紳士を自分の親類だと偽った。そしてそこには優雅な庭があること、会話が楽しく生き生きしていること、そして客をもてなす時の気前のよさなどを口を極めてほめあげたのである。それを聞いて、シャーロットは訪問して過ごす楽しい一時の喜びだけを心に思い描いた。――しかし校長に無断で出かける軽率さ、さらには上流社会の放埓《ほうらつ》な若者の家を訪問して、乙女の身をさらす危険については少しも考えなかったのである。

デュ・ポン校長はその夜外出しており、他の教師達は自室に退いて休んでいた。その頃シャーロットとその教師ラ・ルーはこっそり裏門から抜け出し、公園を横切るところであった。まさにその時、最初の章で述べたように、モントラヴィルに声をかけられたのである。

シャーロットはこの訪問で期待を裏切られた。紳士たちの軽薄さと無遠慮な会話に気分が悪くなった。彼女はラ・ルー嬢が彼らに馴れ馴れしく振る舞わせておくのに驚き、考え込み、不安をおぼえて、寄宿学校の自室に早く帰り、くつろぎたいと心から願ったのである。

そう願う理由の一つに、モントラヴィルが彼女の手の中に滑り込ませた手紙を読みたいという抑え難い願望があったのも否定できない。

世の中を少しでも知っている読者なら、その手紙が彼女の美しさへの賛辞と永遠に変わらぬ愛の誓いを述べたものであったことは容易にお分かりであろう。さらに、優しく多感な乙女心が、自分をそんなにも思ってくれる男性に対し、感謝の気持で熱くなったとしても、読者は驚きはしないであろう。その上、乙女心がモントラヴィルのりりしい軍服姿に引きつけられたとしても何の不思議もない。

恋愛において、乙女心がハンサムな若い軍人によって誘惑される時ほど危険なことはない。軍服を着て正装している時には、普通の男でも魅力的に見えるものである。しかし、姿の美しさと物腰の優雅さと率直に述べられる賛辞が、軍服の真紅の上着とスマートな花形帽章と将校の飾帯とに結びつく時、ああ！　彼をじっと見つめる哀れな少女の危機である。危険は差し迫っている。もし彼女が喜んで彼の話に耳を傾けるならば、彼女はもう恋の虜《とりこ》となり、その瞬間から他のものは何も目に入らないし、聞こえもしないのである。

ここで、まじめなお母様方でいらっしゃる読者の皆様に一言申し上げます。――もし最愛の娘に読ませる前に、有り難くもこの本を読んで下さっているのなら――お怒りのあまり厳しい表情でこの本を放り出し、もう沢山！　この箇所で大半のイギリスの少女はそっぽを向くに決まっているなどとおっしゃらないで下さい。お母様方、私は真剣にそのようなお考えに抗議いたします。ここで、私はあの軍服に憧《あこが》れるロマンチックな少女たちの発想は馬鹿げていると言いたいだけなのです。と申しますのは、あの娘たちは赤い軍服と銀の肩章を身につけていさえすれば、男は皆、立派な紳士になると愚かにも信じているからです。そしてそのような立派な紳士にいくらか優しい言葉をかけられるなら、娘たちは友人を捨て、男のもとに行くため三階の窓からでも飛び降りるほど、すっかり恋の虜になってしまうのです。そして男の道義心を信頼し切ることが立派な愛の証だと信じ込むのです。しかしそのような男は道義心という言葉の意味さえ知らないでしょう。もし知っていたとしても、初《うぶ》な娘たちに操をたてるには、男はあまりにも遊び慣れた当世風の自己本位な輩《やから》なのです。

ああ、困りましたこと！　子供を溺愛する親の心を引き裂く惨めさを考える時——最愛の娘が誘惑されて親の庇護から離れ、その後、娘を誘い出したその卑劣な男によって愛の誓いが破り捨てられるのを父親が見る時——自分の犯した罪への良心の呵責と裏切った男への愛に胸を引き裂かれた娘が、惨めにうちひしがれているのを父親が見る時——娘の目から溢れる涙を、その善良な老いた父親が自分の引き裂かれた胸の血の一滴一滴で数えながら、後悔に泣きぬれる娘を立ち上らせようと屈んでいる姿を思い描く時、私の胸は義憤で燃え上り、世間知らずな娘たちを誘惑する不実な男たちを地上から永遠に消してしまう力がほしいと切望するのです。

ああ、愛しい娘たちよ――私はただあなた方のためにこの物語を書いているのです――親の同意がなければ、恋のささやきに決して耳を傾けないで下さい。もはや甘美なロマンスの時代は過ぎたのだと自分に言い聞かせるのです。どんな女性も自分自身の気持に反して連れ去られるはずはないのです。ですから毎朝ひざまずき、「どうか誘惑からお守り下さい」と神の慈悲にすがるのです。また、万一神があなた方を試練に会わせることを喜びたもうたとしても、一時の感情で宗教と美徳の教えに背きそうになる時には、その心の衝動に抵抗する強さを神に祈り求めなさい。

第7章

女性の胸に宿る節度

「ラ・ルー先生、今晩外出したことはいけないことだったと思います。」ラ・ルーの部屋に入って座りながら、シャーロットは言った。「本当に間違っていました。だって、私はとても楽しくなれると期待していましたのに、悲しいほどにがっかりしたのですもの。」

「では、それはあなた自身の責任よ」ラ・ルーは答えた、「私の従兄弟は夕べを楽しくしようと心を砕いて、どんな手落ちもしませんでしたからね。」

「その通りですわ」シャーロットは言った、「でも、あの方々の態度はたいそう慎みに欠けていました。先生があの方々に何も注意なさらなかったのを私は不思議に思っています。」

「まあ、そんなお堅い淑女の真似はしないでちょうだい」怒ったふりをして、その狡賢《ずるがしこ》い女教師は言った。「私は気分転換になればと思ってあなたを誘ったのよ。でも、もし殿方の態度があなたのお上品さを傷つけたのなら、二度と行く必要はありません。だから放っておけばよろしいわ。」

「二度と行くつもりはありません」と、シャーロットは言って、まじめな顔をしてボンネット帽を取り、就寝の支度を始めた。「もし、私たちの今夜の外出が校長先生のお耳に入ったら、とてもお怒りになると思いますわ。いずれにしても校長先生にわかってしまうでしょう。」

「いいえ、お嬢さん」と、ラ・ルーは言った、「おそらくあなたの凝り固まった節度の観念が自分で校長先生に告げるようにさせるかもしれませんわね。そして、もし校長先生がその噂をお聞きになると、自分が非難されるのを恐れて、私の所為《せい》にするかもしれません。でも、正直言って私はそれでいいのです。それは、他のお嬢さん方の誰よりもあなたを好きになった私に対するとても親切なお返しなのですから。」空涙を流しながら、彼女は続けた、「多分、私が教師の仕事を奪われ、最も厳格な人々でさえ不注意として見逃すようなささいな行為のために、地位と身分を失って、辛い世間の荒波に再び追い出されるのを見るのは、あなたにとってさぞ楽しいことでしょうね。その世間で私はもう貧困とそれに伴う忌《いま》わしい不幸にさんざん苦しんできた後なのです。」

この言葉はシャーロットの傷つきやすい優しい心を動かした。彼女は椅子から立ち上がり、ラ・ルーの手を取り、「敬愛するラ・ルー先生、先生はご存じですわ」と言った、「私が先生を深くお慕いしていることを。デュ・ポン校長先生がラ・ルー先生の評価を落とすようなことを私は何もできないことを。私はただ今晩出かけたことを残念に思っただけなのです。」

「そうとも言えないでしょ、シャーロット」少し元気を取り戻しながら、ラ・ルーは言葉を返した。「だって、今晩出かけていなければ、公園を横切るときに出会った男の方にお会いすることもなかったでしょう。それにあの方とお話できてあなたは嬉しかったのではないかしら。」

「あの方には以前に一度お会いしたことがあるのです」シャーロットは答えた、「そして感じのよい方だと思いました。誰でも楽しい数時間を共に過ごしたことのある人に会えば嬉しいものですわ。でも、」と、彼女は話すのを止め、ポケットから手紙を取り出した。その間にも彼女の首から顔にかけてほんのり赤く染まるのだった。「あの方がこの手紙をくださったのです。どうすればよいのでしょう?」

「もちろん、お読みなさい」ラ・ルーは即座に答えた。

「読むべきではないと思うのです」シャーロットは言った。「母がよく言っていました。まず最初に母に渡すのでなければ、若い男の人からいただいた手紙は決して読んではなりませんと。」

「おやまあ、かわいいお嬢さん」にっこりしながらラ・ルーは大きな声で言った、「あなたは一生親に縛られていたいの? さあ、その手紙を開けて、読んで、そして自分で判断するのです。もしその手紙をあなたのお母様に見せたら最後、あなたは学校から連れ戻され、厳しく見張られることになるでしょう。そうすればあなたはあのスマートな若い将校さんにお会いする機会は二度となくなりますよ。」

「まだ学校を去りたくないわ」シャーロットは答えた、「イタリア語と音楽がもっと上達するまでは。でも、よろしければ、ラ・ルー先生、先生がモントラヴィルさんにその手紙を返してくださいませんか。私はモントラヴィルさんがお元気でいらっしゃるよう願ってはいますが、秘密の文通はできませんと伝えてください。」

「まあ、本当に、あなたはどうしようもないお嬢さんね。手紙の中身を見たいという好奇心はないの？　私なんか奇跡でも起こらないかぎり、私宛の手紙をそんなに長く開けずに置いておくなんてとてもできないわ。彼の字はきれいね」ラ・ルーは言いながら、上書きを見るために手紙の向きを変えた。

「そうですわね」手紙を引き寄せながら、シャーロットは言った。

「あの方は上流階級の青年なのよ」ラ・ルーは、エプロンを畳みながら、何気なく言い足した、「でも、顔には天然痘の痕《あと》があったように思うわ。」

「まあ、とんでもありません」シャーロットは力を込めて言い返した、「あの方は驚くほどきれいな肌とすばらしい顔色をしていらっしゃいます。」

「あの方の眼は、見たところ」ラ・ルーは続けた、「灰色で表情に欠けているわね。」

「そんなことはありません」シャーロットは答えた、「あの方の眼は私が今まで見た中で一番表情豊かですわ。」

「やれやれ、お嬢ちゃま、その眼が灰色でも黒色でも問題ではありません。あなたはあの方の手紙を読まないと決心しているのですから。おそらく二度とあの方に会うこともなければ、手紙を頂くこともないでしょう。」

シャーロットは手紙を手に取った。それを見てラ・ルーは続けて言った――

「あの若い軍人さんはきっと戦火のアメリカに行くのですよ。もしあなたがこれから先、何かあの方の噂を聞くとすれば、それは、戦死ということかもしれません。そうなればあの方が熱烈にあなたを愛していたとしても、また死に際にあの方があなたの幸せを祈っていたとしても、あなたにとってはなんの意味も持たないでしょうね。あなたはあの方がどんな運命をたどろうと何も感じないでしょう。だってあなたはその手紙を開けて読もうともしないし、遠く離れて会えない時にあの方のことを思い、無事を祈っているとあの方に知らせて、あの方の苦しみを和らげてあげようともしないのですから。」

シャーロットはまだその手紙を握っていた。ラ・ルーの熱弁の結びに彼女の胸は一杯になり、手紙の封緘紙の上に涙が落ちた。

「封緘紙はまだ乾いていないわ」シャーロットは言った、「それに、開けてみても大して悪いはずはないわ……」ためらっている彼女をラ・ルーは黙って見ていた。

「ラ・ルー先生、これを読んだ後で、もとどおりにしておいてもいいでしょうか。」

「もちろんいいですとも」ラ・ルーは答えた。

「とにかく、返事は書かないことに決めています」シャーロットは、手紙を開けながら言った。

ここで筆者から一言申し上げます。正直なところ、こうして書きながらも、この箇所について私は痛恨の極みなのです。しかし、これは私の信念なのですが、いったん女性が羞恥心を押し殺してしまった時、いったん世間の評判や名誉など女性の心を支えている大切な存在基盤を見失った時、その堕落した女性は罪に対して無感覚になり、無垢で美しい同性を自分自身と共に地獄に引きずり込もうとやっきになるものなのです。そしてこれは嫉妬というあの悪魔的精神から生じているのです。というのも、嫉妬心というものは、自分自身にはもはや望めないあの尊敬と敬意を、他の者が満喫しているのを見ると、わけもなく無性に苛立《いらだ》ってくるからなのです。

人を疑うことを知らないシャーロットが手紙を懸命に読んでいる時、ラ・ルーは悪意に満ちた悦《よろこ》びのまなざしでその少女をじっと見つめていた。彼女は手紙の内容が乙女心に新しい感情を目覚めさせたことを見て取った。彼女は乙女の期待をふくらませ、その不安を打ち消した。そして、その夜のうちに翌日の晩にシャーロットがモントラヴィルに会うことが決められたのだった。

第8章　家庭の楽しい計画

「あなた」庭を散歩しながら、テンプル夫人は夫の腕に手をかけて言った、「来週の水曜日はシャーロットの誕生日ですわね。シャーロットをびっくりさせる計画を、今思いつきましたの。よろしければ、その日、学校へシャーロットを迎えに行って家に連れて帰りましょう。」テンプル氏は賛成の印に妻の手を強く握った。妻は続けた。──「庭の奥の小さなあずまやをご存じでしょ？　シャーロットの大のお気に入りの？　あそこをきれいに飾って、シャーロットのお友達をみんな招待して、果物や、お菓子や、若いお客さまのお口に合いそうなものを取り揃《そろ》えて、軽いお食事をさしあげたいのです。そしてパーティを楽しく愉快に盛り上げるため、シャーロットに宴会のお客さまのおもてなしをさせましょう。シャーロットは大喜びですわよ。仕上げには、音楽を演奏してダンスでお開きにいたしましょう。」

「実にすばらしい計画だね」にっこりしながらテンプル氏は言った、「そしておまえがこんな風に娘を甘やかすのを、私がきっと大目に見るだろうと思っているんだね？ルーシー、おまえは全く娘を甘やかしすぎているよ、本当に。」

「シャーロットは私たちのたった一人の子供ですわ」テンプル夫人は答えた。母の優しさが彼女の美しい顔をいっそう生き生きとさせた。それは同時に、妻の柔和な愛情と従順さで愛らしく和らげられてもいたのである。夫の返事を待つ妻を優しく見つめ、テンプル氏はこの願いを拒絶することはとてもできないと思った。

「シャーロットはいい娘だよ」彼は言った。

「そうですとも」娘を溺愛する母親は嬉しさで得意になって答えた、「親孝行で優しくて、両親への務めを決して見失うような娘ではありませんわ。」

「もし見失うなら」夫は言った、「シャーロットは最高の母親という目の前に置かれた手本を忘れているに違いない。」

テンプル夫人は何と答えてよいのか言葉が見つからなかった。しかし、溢れる喜びで彼女の聡明な目はきらきらと輝き、頬は一段と紅潮したのである。

およそ人の心が知るすべての喜びの中で、愛するものによって称賛され、評価された時ほど、胸を熱くし、誇らしく感じさせるものはありません。

あなた方、とめどない放蕩の円舞曲に舞い遊ぶ軽薄な者たちよ、高い丸天井の下で快楽を追い求め、美食をむさぼり、深夜まで浮かれ騒ぐ者たちよ、――愚かな思慮の足りない娘たちよ、答えてごらん、そんなにもあくせくと探し求めてきた幻影の実体を見つけ出したことがありますか？　幻影はつねにあなたの手からすり抜けて行きはしませんでしたか？　そして幻影に欺かれた放蕩者たちに差し出された杯に手を伸ばした時、あなたは長らく待ち望んでいたその一口が失望の苦い澱《おり》で味付けされているのが分かりませんでしたか？　十分に分かっていますね。その青ざめた頬、落ちくぼんだ眼、その悲しみの有り様が何よりの証拠です。それらは放蕩の子供たちの目印です。快楽は虚しい幻想。それは数限りない愚行へ、過ちへ、おそらくは悪徳へとあなたを引き込むのです。後であなたがどんなに我が身の愚かさ、だまされやすさを嘆いても、取り返しはつきません。

親愛なる友よ、何の飾りもない白いローブをまとったあの乙女をご覧なさい。その顔の柔和さと物腰の慎ましさをご覧なさい。その乙女に仕える侍女は謙虚さ、親孝行、夫婦愛、勤勉、そして善行なのです。その乙女の名前は満足と言います。彼女は至福の杯を手に持っています。もしあなたがこれらの侍女たちと親しく交わり、常に話し合っているならば、あなたが人生のどのような曲がり角に立とうとも、柔和な眼をした満足という名の乙女がすぐさまやって来て、あなたを支えてくれるでしょう。

あなたは貧しさから抜け出せないとおっしゃいますか？　――満足の乙女はあなたの仕事を軽くし、質素な食卓の主人役を務め、そしてあなたの安らかな眠りを見守るでしょう。

あなたの暮らしは平凡ですか？　――しかしあなたの暮らしは悲惨極まりなくても仕方なかったのですよ。寛大なる神慮に深く感謝しましょう。当然受けるべき報いに比べ、あなたに注がれている祝福がどれほど大きなものか、あなたは分かっていないのです。満足の乙女はそのことをあなたに教え、期待よりもずっと多くのものが与えられていることを知らせるでしょう。

あなたは豊かな財産を持っていますか？　――満足の乙女は何と尽きることのない幸せの財源をあなたの前に置いているのでしょうか！　困っている人々を救い、傷ついた人々を癒し、安らぎと慈悲のあらゆる善行を行うようにと。

親愛なる友よ、満足は逆境の矢さえ鈍らせるのです。逆境の矢はあなたを傷つけることはできないのです。満足の乙女は埴生の宿にも住み、牢獄にでもあなたと共に行くでしょう。彼女の親は信仰です、そして彼女の姉妹は忍耐と希望なのです。彼女は困難な道を平らかにしつつ、あなたと共に人生行路を歩みます。定められた終着点へと旅しながら、すべての人が遭遇しなければならないあの苦難の刺《とげ》を土で覆いつつ歩むでしょう。彼女は病の苦痛を和らげ、冷たく陰鬱な死の時にさえあなたと共にいて、天国生まれの姉妹、希望の微笑みであなたを勇気づけ、永遠の至福へと見事にあなたを導いて行くでしょう。

つい物語から逸れて私はお説教をしてしまいました。でも、そんなことは大したことではありません。もし私が運良く幸せへの道を見つけることができたのなら、どうしてその道を他の人々に教える機会を見逃すべきでしょうか？　真の心の安らぎを支えるものは、まさに全世界が自分自身と同様に幸せであるのを見たいという優しい願いにあるのです。ですから、私は自分のことしか考えない心の狭い人を憐れに思います。そのような人は怒りや、嫉妬や、些細《ささい》な侮辱ですら忘れません。そして、自尊心が侮辱されたとささやき、その侮辱に復讐したいと常に願うのです。私自身としては、人の繁栄を心から喜び、人の幸せにできる限り貢献したいと願っております。そして、私が文筆や演劇など同業の人々から受けたすべての無礼や中傷を心から許すのと同様、私の無礼も最後の審判の日に許されることを祈っています。

慈悲深い神よ！　反省から生まれる深い満足感は快楽という虚飾におおわれた偽物とは比べようもありません！　でも、話をもとに戻しましょう。

満足がテンプル夫人の胸には宿っていた。夫と連れ立って家に入りながら、シャーロットの誕生日を祝うために立てた計画を父エルドリッジ氏に披露《ひろう》しようと、彼女の顔はさらに優しく生き生きとしてくるのだった。

第9章　何が起こるか分からない

モントラヴィルとの約束の夜を翌日に控えて、シャーロットの心は千々に乱れていた。一度ならず、彼女はデュ・ポン校長のもとへ行き、手紙を見せて教えを仰ごうと決心しかけた。しかし、シャーロットはすでに軽はずみな行いへと一歩を踏み出していたのであった。いったん踏み外すと、過ちを犯した者が正しい道に立ち戻ろうとする行く手には無数の障壁が立ちはだかるものである。とはいえ、その障壁がどんなに強固に見えようとも、それは当の本人が勝手に心に抱く妄想に過ぎないのだ。

シャーロットは校長の怒りを恐れた。愛する母を不快にさせると考えただけでひどく不安になった。しかし、彼女をためらわせるさらに強力な理由があった。もしその手紙をデュ・ポン校長に見せれば、それが自分の手に渡った経路を打ち明けなければならない、するとその結果はどうなるのか？　ラ・ルー先生は学校から追い出されるだろう。

「恩知らずなことはできないわ」彼女は思った。「ラ・ルー先生は私のためを思ってして下さったのだわ。それに校長先生に手紙を見せなくても、モントラヴィルさんに会った時に、互いに会ったり文通したりすることはいけないことですから、チチェスターにはもう来ないで下さいと頼めばいいのだわ。」

シャーロットはよくよく考えてこう決意をしたのだが、その決意を固めるための正しい方法を取らなかった。その日のうちに何度も彼女は彼からの手紙に読みふけった。読み返すたびに、その内容は彼女の心に深く沈み込んだ。夕方になる頃、彼女は何度も時計を見ている自分に気付いた。「こんな愚かな逢瀬は早く終わるとよいのに」彼女は自分自身に言訳するのであった。「早く終わるとよいのに。だってあの方に会って、私の決意は揺るがないと分かっていただけたら、私の気持はずっと楽になるでしょうから。」

約束の時間になった。シャーロットとラ・ルー嬢は不寝番の目をかわして寄宿舎を抜け出した。一方、彼女たちをじりじりしながら待っていたモントラヴィルは、よくぞ来てくれたとばかり、二人を熱狂的に出迎えた。彼はラ・ルー嬢の相手をさせるために抜け目なく友人のベルクールを連れて来ていた。シャーロットとの会話を誰にもじゃまされたくなかったからである。

ベルクールの性格は簡単に述べることができる。これからの物語の中で彼は重要な役割を果たすことになるので、ここで彼について少し述べておきたい。彼は上流階級相応の財産を持ち、紳士階級の教養教育を受けていた。道楽者で、思慮が浅く、移り気で、道徳にも、宗教にも無関心であった。彼は快楽を求めることに何よりも熱心で、自分自身の欲望が満たされるなら、他人がいかに惨めになろうとも気にも留めず無茶なことをした。自己、最愛の自己が彼の崇拝する偶像であった。そのためならば全人類の利益や幸福さえも彼は喜んで犠牲にしたであろう。モントラヴィルの友人ベルクールはこのような人物であった。そのような人物を友とするモントラヴィル自身も、彼が信頼を寄せる友人と同じような感情によって行動し、同じような快楽を求め、そして同様に価値のない男だと、読者は想像されるかもしれない。

しかしモントラヴィルの性格は異なっていた。彼は寛大で、偏見がなく、欠点と言えるほど人が良かった。だが、それにもかかわらず、いったんある女性を見初《みそ》めると、彼は夢中でその女性を追い求めた。自分の欲望を達成した後にどんな結果が起こるか、考えてみようとはしなかった。もし彼が幸いにも思慮深い友人を持っていて、その友人が次のように彼を説得していたなら、事態は変わっていたかもしれなかった――結婚できないと分かっているじゃないか。そんな少女を追いかけて、おまえの思いを遂げれば、その少女を汚名と悲惨の中に突き落とすことになるんだよ。それに、おまえ自身も生涯良心の呵責に苦しむことになるだろう。それだのに、このように汚れを知らぬ、純真な少女の心を得ようと口説くのは残酷というものだ。友人がこのように恐ろしい結果を指摘して、彼を説得していたなら、善良なモントラヴィルはその意見をすなおに聞き、優しい人間性が目覚めて、シャーロットを追い求めることを断念したかもしれなかった。しかし、ベルクールはそのような友人ではなかった。彼はむしろモントラヴィルの高まる情欲をあおり立てたのである。そして、ラ・ルー嬢の快活な言動が気に入ったので、とことんラ・ルーと話し込もうと決意した。彼女を説き伏せて自分たちのアメリカへの航海の道連れにできるかもしれない、そうなるとモントラヴィルの美辞麗句に加え、ラ・ルー嬢の手本によってシャーロットも説得され、必ずや全員一緒にアメリカに行くことになるだろうと密かに思ったのである。

シャーロットはモントラヴィルに会いに出かけた時、自分の決意は決して揺るがぬと自信を持ち、見知らぬ人と秘密の交際をすることの間違いをはっきり自覚したので、自分は絶対に無分別な行いを繰り返すことはないと自負していた。

ああ、悲しいかな！　哀れなシャーロット、彼女は自分自身の心が当てにならないことを知らなかった。もし知っていれば彼女は自分の固い決意を危険に晒《さら》すようなことはしなかったであろう。

モントラヴィルは優しく、雄弁であり、熱烈でしかも丁重だった。「もう一度お会いできないでしょうか」彼は言った、「僕がイギリスを発つ前に？　僕たちが広大な海で隔てられても、あなたが僕を忘れないという約束で僕の門出を祝福してくれませんか？」

シャーロットはため息をついた。

「何故そのようなため息をつくのですか、最愛のシャーロット？　僕が無事でいられるか心配なのですか、あるいは僕に元気でいてほしいという願いがため息をつかせたのでしょうか？　そうなら、本当に嬉しいのですが。」

「私はいつもあなたのご無事を祈っていますわ、モントラヴィルさん」と、彼女は言った、「でも、私たちはこれ以上会ってはならないのです。」

「ああ、そのように言わないで下さい、美しいシャーロット。考えてもみて下さい。故国イギリスを去れば、おそらく数週間のうちに僕はこの世からいなくなるかもしれません。海の事故や——戦争の危険など……」

「それ以上お話にならないで」シャーロットは震える声で言った。「私はあなたとお別れしなければなりません。」

「もう一度会うと言って下さい。」

「無理ですわ」彼女は言った。

「明日の晩三十分間だけ。僕の最後のお願いです。二度とあなたを困らせたりしませんから。」

「どう申し上げたらよいのでしょう」シャーロットは彼に握られた手を振りほどこうともがきながら叫んだ、「どうぞ、お離し下さい。」

「明日は必ず来てくれますね」モントラヴィルは言った。

「たぶん」彼女は答えた。

「それでは、ご機嫌よう。あなたに再びお会いする時まで、その希望を糧に僕は生きていきます。」

彼は彼女の手にキスをした。彼女はため息と共に別れを告げ、ラ・ルー嬢の腕を取って、急いで庭の門を入って行った。

第10章 好奇心に釣られて行動するのは、お人好しに過ぎない

モントラヴィルはある資産家の末息子であった。しかし、その家族には子供が沢山いたので、息子たちはそれぞれが上流階級にふさわしい職業に就くように育てられた。彼らはその職業で能力を発揮し、自らの道を切り開き、世の中に認められることを願わなければならなかった。

「娘たちは」と、モントラヴィルの父親は言った、「貴婦人のように育てられ教育を受けてきた。だから片付く前に、父に万一のことが起こった時に備えて、娘たちにはいくばくかの貯えをしておいてやらねばならない。何故なら、貧困に苦しめられ、他人に依存しなければならない辛さに責めたてられると、優雅で教養のある女性は身を守ることができず、悪徳の罠《わな》と誘惑に陥るかもしれないからだ。さて、息子たちはそこそこの収入しかないのだから、聖職者や、法律家や、軍人などになって、その能力

を発揮し、友人を作り、そして成功して財産を築くがよかろう。」

モントラヴィルが軍人の道を選んだ時、父親は将校の地位を買い取って、息子に贈った。そして個人的な資金としてかなりの備えをしてやった。「さあ、息子よ」と、父は言った、「行け！　戦場で栄達を求めるのだ。おまえは私の力で与えられるすべてのものを受け取った。確かに、私にはおまえをさらに昇進させてやるだけの力はある。しかし、これからおまえがそれにふさわしい働きをしなければ、私はその力を用いるつもりはない。よく肝に命じておくがよい。よいか、人生における成功は、すべておまえ自身の行動にかかっているのだ。これを決して忘れるな。さらに、親の義務として、おまえにぜひ注意しておかねばならぬことがある。若者はしばしば若さから来る無分別によって結婚の約束を急ぎ、多くの経済的に支えてやらねばならない女性たちを貧困と苦悩の場に引きずり込む。その性急さを戒めておく。軍人というものは地位が高くなって、無力な子供や相続人たちを貧困と苦難の世間に放り出す心配がなくなるまで、妻を持とうなどと考えてはならないのだ。しかし、もし万一、私が大切にするように教えてきた経済的自立を保証するほどの財産を持つ女性が現れて、将来を戦場での功績に託している若い軍人に、寛大にも身を捧げてくれるならば——もしもそのような女性が現れるならば――障害はすべて取り除かれる。かくもめでたき結婚を私は心から祝福するであろう。しかし、いいかね、息子よ、もしおまえが、反対に、ほとんど、あるいは全く財産のない娘と性急に結婚し、その哀れな娘を心地よい家庭と友人から引き離し、少ない収入と、家族が増えてますます困窮するもろもろの苦難の中に突き落とすならば、自分の性急さから生まれた結果の報いを、おまえは勝手に思い知るがよかろう。誓って言うが、私の地位も財産もおまえのためには一切使わないからな。これは本気で言っているのだぞ」彼は続けた、「それゆえ、この忠告を記憶に刻みつけておくがよい。これからはそれに従って行動するのだ。おまえの幸せは常に私にとって大切なのだ。だから多くの正直な若者の平安を打ち砕く岩についておまえに警告しておきたい。というのは、実際、最も長い冬の戦争の苦難や危険でさえも、おまえが選んだ女性や愛する子供たちが貧困に苦しんでいるのを見て、妻子の苦しみの原因をつくったのは自分自身の愚行と軽率さであったのだと気付き、激しい痛恨の思いに駆られることに比べれば、はるかに耐えやすいのだ。」

モントラヴィルが父と別れるほんの数時間前に聞いたこの言葉は、彼の心に深く刻みつけられた。そこで、シャーロットとの逢引きの場所にベルクールが一緒に来た時、彼はシャーロットの財産に関する相続見込みはどのようなものかをフランス人教師ラ・ルー嬢から聞きだすようにベルクールに頼んだのである。

ラ・ルー嬢は、シャーロットの父親は上流階級にふさわしい自立できるだけの収入は持っているけれども、おそらく千ポンド以上娘に与えることはできないだろう、そして父の意に沿わない結婚をするならば、多分、彼は娘に一銭も与えないかもしれない、また、父親のテンプル氏は、戦功をあげにまさに船出しようとしている若者と娘が結婚することに到底同意するとは思えない、とベルクールに告げた。

それを聞いてモントラヴィルはシャーロット・テンプルとの結婚は不可能だと判断したのである。それにもかかわらず、彼は彼女との交際を始め、それを続け、どのように終わらせるつもりなのか、自分自身にたずねてみようとはしなかった。

第11章　愛と義務の狭間《はざま》で

あれからほぼ一週間が過ぎてしまった。シャーロットはモントラヴィルと毎晩会い続けていた。そして会うたびにこれが最後と心の中で決心するのだった。しかし、悲しいかな！　別れの時にモントラヴィルが今一度会ってほしいと熱心に懇願する度に、揺らぎやすい女心は彼女を裏切るのである。そして、その女心は敵の主張の前にもろくも崩れ、シャーロットは固い決心を忘れ、抵抗できないのであった。もう一度、もう一度と逢引きは続けられた。モントラヴィルはその度ごとに巧みに娘心をとらえ、ついに娘は、二度と彼に会えないと思うことほど辛いことはないと思わず告白したのである。

「それでは僕たちは決して別れないことにしましょう」彼は言った。

「ああ、モントラヴィル、」強いて微笑みながら、シャーロットは言った、「どうして別れずにおれますの？　私の両親はこの結婚をきっと許してはくれないでしょう。たとえ何とか許してもらえたとしても、私は優しい最愛の母との別れに耐えられません。」

「では、あなたは僕よりも親の方を愛しているのですか、シャーロット？」

「そうでありたいと願っています」顔を赤らめ、うつむきながら、彼女は言った、「両親を愛する心が、私を親不孝者にしないよう、大切に慈しみ育ててくれた両親の愛に背かないよう、守ってくれることを願っています。」

「では、シャーロット、」モントラヴィルは厳しい表情で、彼女の手を放しながら、言った。「それがあなたの本当のお気持なら、僕は虚しい希望で自分を欺いてきたのです。シャーロットにとって僕は世界の誰よりも大切なのだと信じて、愚かにも喜んでいたのです。あなたは僕のために海洋の危険にも勇敢に立ち向かって下さるものと、あなたの愛情と微笑みで、戦争の苦しさをも和らげて下さるものと思っていました。戦場で倒れることが僕の運命《さだめ》ならば、あなたの優しさが僕の死の時を慰めて下さり、あの世への僕の道を安らかにして下さるものとばかり思っておりました。しかし、さようなら、シャーロット！　あなたは僕など愛してはいなかったのです。僕は今、この惨めな気持から僕を救ってくれるなら、敵の弾丸を喜んで迎えます。」

「ああ、待って下さい、意地悪なモントラヴィル、」彼女のもとを去るふりをする彼の腕をつかまえながら、彼女は叫んだ、「お待ちになって、あなたの不安を鎮めるためにはっきり申し上げますわ。最高の両親を苦しめ、その優しさに忘恩で報いることにならないのなら、私はどんな危険を冒しても、あなたに付いてどこにでも行きます。あなたの幸せこそが私の幸せですもの。でも、モントラヴィル、私は母を悲嘆に暮れさせることはできません。私をかわいがってくれている白髪の祖父を悲しみで墓に急がせ、また最愛の父に私の誕生の時を呪わせるようなことはできないのです。」手で顔を覆い、シャーロットはわっと泣きだした。

「愛しいシャーロット、そのような痛ましい場面のすべては」と、モントラヴィルは声を張り上げて言った、「乱れた心から産まれる妄想に過ぎません。ご両親は最初は悲しまれるでしょう。しかし、あなた自身が書いた手紙で事実をお知りになれば安心されるに違いありません。あなたが誠実な男と一緒であること、戦地に赴《おもむ》くその男との結婚をとうてい承諾してもらえそうになかったので、やむをえず、その男と結婚し幸福になるために両親のもとを離れたと手紙に書くのです。事実をお聞きになれば、すべては愛が引き起こした過ちと分かって、ご両親はきっと許して下さるでしょう。そして、僕たちがアメリカから帰る時には、両手を広げ、喜びの涙であなたを迎えて下さるでしょう。」

ベルクールとラ・ルー嬢はこの最後の言葉を聞き、彼らの助言と説得をさしはさむ適当な頃合いと考えて、シャーロットに近づいた、そして巧みにモントラヴィルの切々たる訴えの援護をしたのだった。ラ・ルー嬢がベルクールと一緒にアメリカに行くつもりであると知り、自分自身の女心が彼らと共に行きたいと揺れ動き、魔が差したか、哀れにもシャーロットは彼らに説き伏せられたのだった。そして、翌日の夕方町外れに彼らが用意した馬車に乗って、家族のもとを去り、モントラヴィルの保護に身を任せることについに同意したのである。「でも、あなたが万一」と、目にいっぱい涙を浮かべて、真剣にモントラヴィルを見つめながら、シャーロットは言った、「万一あなたが、今日の約束を忘れ、ここで結んだ婚約を後悔して、異国の地で私を見捨てるようなことがあれば……」

「僕はそんな卑劣な男ではありません」彼は言った。「アメリカに着いたらすぐに、結婚して僕たちの愛を神聖なものにしましょう。そして僕があなたの優しさを忘れようものなら、天が僕を罰しますように。」

「ああ、」ラ・ルー嬢の腕にもたれ、一緒に庭を歩きながら、シャーロットは言った、「明日の駆け落ちに同意した時、私は忘れてはならないことをすべて忘れていました。」

「おかしな娘ね」ラ・ルー嬢は言った、「たった二分間も自分自身の心を定めておれないのね。たった今、あなたはモントラヴィルの幸せが世界で一番大切だと断言しておきながら、もう彼と一緒に外国へ行くことに同意して摑《つか》んだ幸せを後悔しているように聞こえるわ。」

「本当に後悔しているのです」シャーロットは答えた、「心の底から。でも、分別が私の行為の間違いを指摘しているのに、気持は破滅に進むよう私を駆り立てるのです。」

「破滅ですって！　馬鹿馬鹿しい！」ラ・ルー嬢は吐き捨てるように言った、「私があなたと一緒に行くではありませんか？　そして私は少しでもあなたのように、後悔や良心の呵責を感じているように見えるかしら？」

「先生は優しい父と母を捨ててはいらっしゃいません」シャーロットは言った。

「でも、私は大切な世間の評判を危険にさらしているわ」と、感情を抑えながら、ラ・ルー嬢は答えた。

「おっしゃるとおりです」シャーロットは続けた、「でも、先生は私のように悩み苦しんではおられません。」それからラ・ルー嬢に就寝の挨拶をして別れた。しかし、眠りはシャーロットに訪れることはなく、激しい苦悩の涙が枕を濡らすのだった。

第12章

造物主の最後で最高の贈り物
姿も心も
清らかで、神々しく、善良で、感じがよく、そして愛らしい！
呼びうる限りすべてに優れていた女！
なんと汝は堕落したことか！

眠れぬままに床を離れたシャーロットは青ざめ、生気のない目をして、デュ・ポン校長に出会った。そしていつもの落ち着きを少しばかり取り戻した。

「あら、シャーロット」優しく校長は言った、「そのようにやつれて、どうしたのですか？　具合でも悪いのですか？」

「いいえ、ご親切に、校長先生、大丈夫です」シャーロットは微笑もうとしながら答えた、「ただ、どうしてか分からないのですが、昨夜は眠れなかったのです。それで今朝、どうも気分がすぐれないのです。」

「さあ、元気をお出しなさい、シャーロット」校長は言った、「あなたを元気にする強壮剤を持ってきましたよ。あなたの優しいお母様からのお手紙をちょうど受け取ったところです。さあ、これですよ。」

シャーロットは急いで手紙を受け取った。それには次のように書いてあった――

明日は私の念願が叶って最愛の娘を授かった幸せな記念日です。ですから校長先生にお願いして、あなたが帰宅し、私たちと一緒に一日を過ごすお許しをいただきました。あなたは優しい良い子です。その上勉強熱心で、立派な成績をあげていきます。私たちはあなたをとても誇りに思っていますよ。ご褒美《ほうび》として、あなたの誕生日にすてきなパーティを準備しました。お祖父様が愛しい孫娘を早く抱きたくて、あなたを馬車で迎えに行って下さいます。いいですか、九時までにはお祖父様と一緒に帰れるように準備しておいて下さい。お父様は私と共にあなたの健康と将来の幸福を心から願っています。お父様の慈しみを思うと、シャーロットを深く愛する母の胸も熱くなるのです。

ルーシー・テンプル

「まあどうしましょう！」自分がどこにいるのかも忘れ、救いを求めるように涙の溢れ落ちる目を上げながら、シャーロットは大きな声で言った。

デュ・ポン校長は驚いた。「まあその涙はどうしたの、シャーロット？」校長はたずねた。「こんなに取り乱して、どうしたのでしょう？　その手紙はあなたを悲しませるどころか、喜ばせるものと思っていましたよ。」

「その通りですわ、とても嬉しいのです」シャーロットは、必死で落ちつこうとしながら答えた、「ただ、すばらしい両親の心遣いにふさわしい娘でありますようにと祈っていたのです。」

「それは良いことですよ、」デュ・ポン校長は言った、「ご両親の愛情にふさわしくありますようにと神の助けをお願いするなんて。今まで通りになさい、可愛いシャーロット。そうすればあなたもご両親も必ず幸せになりますよ。」

「ああ！」校長が去って行った時、シャーロットは嘆息した、「私は自分ばかりか、両親の幸せをも永遠に失ってしまった！　でも、考え直すのよ、シャーロット。取り返しのつかない一歩はまだ踏み出してはいない。断崖の縁から退くのに遅すぎはしない、だってその縁からはただ破滅と恥辱と悔恨の暗い奈落の淵が見えるだけなのだから！」

彼女は立ち上がり、大急ぎでラ・ルーの部屋に行った。「ああ、ラ・ルー先生！」彼女は言った、「私は奇跡によって破滅から救われました！　この手紙が私を救ってくれたのです。おかげで私は目が覚めました。私はとてつもなく馬鹿なことをするところでした。私は行きません、ラ・ルー先生。私の幸せを生き甲斐にしている大切な両親の心を傷つけることはできません。」

「では、」ラ・ルー嬢は言った、「お好きなようになさいませ、お嬢さん。でも、いいわね、私の決心は固いのよ。あなたが何と言おうと私の気持は変わらないわ。私は約束の時間にあの殿方に会います。きっとモントラヴィルさんは期待を裏切られて、かんかんになって憤慨なさることでしょうね。でも、ちっとも驚かないわ。実際、もしあの方が直ちにここにやって来て、学校中に聞こえるような声であなたの心変わりを非難したとしても、当然です。そうなると一体どうなるのかしら？　あなたが駆け落ちをしようとしたことが皆に知れ渡るのよ。勇敢な少女たちは、一度は決心しながらそれをやり抜けなかった意気地のないあなたを嘲笑するでしょう。一方、淑女気取りの娘や馬鹿娘たちはあなたを非難し、軽蔑するでしょう。あなたは親の信頼を失い、怒りを招き、世間の嘲笑の的となるのよ。それで、あなたはこのちっぽけな英雄的行為から何を期待しているの、――あなたはそれを英雄的行為だと思っているのでしょう？――あなたを賛美している男性、心の中では他の誰よりもあなたが愛している男性、その人をあなたは欺いてしまうのよ。そしてその人から永遠に別れるのよ。さぞ嬉しいことでしょうね。」

この長広舌はまさに流れるように述べられたので、シャーロットはすべてが話し終えられるまでラ・ルー嬢の言葉をさえぎったり、一言も自分の意見をさしはさむことができなかった。そして話が終わった時には、シャーロットはたいそう混乱して、言葉を失ってしまっていた。

結局、ラ・ルー嬢と一緒に約束の場所に行き、どうしてもイギリスを離れられない理由をモントラヴィルに納得させ、しかも自分の変わらぬ愛を彼に誓って、別れを告げようとシャーロットはやっと心を決めたのである。

シャーロットは心の中でこの計画を立て、成功を確信して喜んだ。「ああ、嬉しいこと！　私の理性は感情に打ち克つことができたのだわ。優しい親の腕に抱かれ、あやうく逃れたこの危険を振り返りながら、私は心の底から神への感謝で満たされるでしょう！」

約束の時間になった。ラ・ルー嬢は持っているすべてのお金と貴重品をポケットに詰め込み、シャーロットにもそうするよう忠告した。しかし彼女は断った。「私は固く心に決めました」彼女は言った、「私は子としての務めを取って、あの方への愛を諦めます。」

ラ・ルー嬢は心の中でせせら笑った。二人は裏の階段をそっと降り、庭の門から出て行った。モントラヴィルとベルクールが彼女たちを待ち構えていた。

「もう、」モントラヴィルはシャーロットを抱きしめながらささやいた、「あなたは永遠に僕のものだ。」

「いいえ、」彼の抱擁から身を振りほどきながら、彼女は言った、「私はあなたに永遠の別れを告げに来たのです。」

ここで行われた会話は繰り返すまでもない。モントラヴィルが以前にうまくいったあらゆる言葉で彼女を説得したこと、シャーロットの決意が揺らぎ始めたこと、そして彼がほとんど気付かれぬように彼女を馬車の方に引き寄せたことを言えば十分であろう。

「私は行けません」彼女は言った、「これ以上おっしゃらないで下さい、愛しいモントラヴィル。私は行くべきではないのです。信仰が、義務が、行ってはならないと命じています。」

「冷たいな、シャーロット」彼は言った、「もしあなたが僕の熱い思いを打ち砕くなら、この手で自分の命に止めを刺した方がましだ。あなたなしに僕はもう生きられない――生きたくもない。」

「ああ、胸が破れそう！」シャーロットは嘆いた、「私はどうすればいいの？」

「僕に任せて下さい」モントラヴィルは彼女を馬車の中に抱え入れながら言った。

「ああ、お父様！　お母様！」シャーロットは叫んだ。

馬車は四人を乗せ走り去った。シャーロットは胸が張り裂けんばかりの悲鳴をあげ、気を失って誘惑者モントラヴィルの腕の中に倒れたのである。

第13章　絶たれた望み

「何と喜ばしいことじゃ！」孫娘を迎えに馬車に乗り込みながら、エルドリッジ老人は大きな声で言った、「かわいい孫娘が両親の細やかな心遣いの中で成長していくのを見るのは、何と喜ばしいことじゃ！　あの不幸な事件からずっと、わしの喜びはすべて最愛の妻と息子の墓の中に埋められてしまったものと思っていた。しかし、孝行者の娘ルーシーが、わしの心を和らげ穏やかにしてくれた。その上、かわいい孫娘のシャーロットがこの年寄りの心を夢中にして、こんなにも新しい喜びをくれたのじゃ。おかげでわしは、自分の不幸を忘れてしまったわい。」

馬車が止まると、彼は若者のように軽やかに降りた。魂の歓びはかくも大きく肉体に影響を及ぼすのである。

午前八時半、教師や女生徒たちは教室に集まり、デュ・ポン校長は神への祈りと賛美を捧げる朝の礼拝の準備をしていた。その時、ラ・ルー嬢とシャーロットがいないことが分かった。

「ラ・ルー嬢は忙しいのですよ、きっと」校長は説明した、「シャーロットのお出かけの準備をするのにね。でも自分の楽しみのために神へのお勤めを忘れてはなりません。誰か、二人を呼びに行きなさい。」

呼びに行った教師は、すぐに戻ってきて、部屋には鍵が掛かっていること、そして繰り返しドアをノックしたが、応答がないことを校長に報告した。

「何ですって！」校長は思わず大声で言った、「そんなおかしなことがあるかしら？」不安で青ざめながら、校長は急いで部屋に行き、ドアを押し開けるよう教師に命じた。その部屋には前の晩に誰もいなかったこと、ベッドには誰も休んだ形跡がないことがすぐに分かった。寄宿学校はたちまち混乱の場と化した。庭や公園にも二人の姿はなかった。テンプル嬢とラ・ルー嬢の名前を呼ぶ声がすべての部屋部屋に鳴り響いた。だが、すでに二人はその声など届くはずもない遠く離れた所にいたのだった。しばらくしてすべての人々の顔に落胆と疲労の色が浮かんだ。

エルドリッジ氏はすでに家に帰る支度をして、孫娘が階段を降りてくるのを今や遅

し と応接間で待っていた。すると学校全体に響きわたる慌ただしい物音が聞こえてきた。シャーロットの名前がしばしば繰り返されている。「一体、何事じゃ?」立ち上がってドアを開けながら彼は思わず言った、「大切な孫娘の身になにか事故でも起こったのではあるまいか。」

校長が入って来た。彼女の顔に浮かぶ明らかな動揺の色を見て、なにか途方もないことが起こったのだと老人は察した。

「シャーロットはどこですかな?」彼はたずねた、「どうして、わしの孫娘は現れないのですか?」

「落ち着いて下さい、エルドリッジさん、」デュ・ポン校長は言った、「ご心配はごもっともですが、あわてないで下さい。シャーロットさんは、現在、学校の中にはいないのです。でも、ラ・ルー嬢が確かに一緒にいますので、すぐに何事もなく帰って来られるでしょう。そして、この突然の不在の理由を二人がきちんと説明して、私たちを安心させてくれるものと思っております。」

「校長先生」その老人は怒気を含んだ声で言った、「わしの孫娘はあのフランス女の同伴で、許可なくしばしば外出していたのですかな?ご容赦下さい、校長先生、わしは校長先生のお国を非難しているのではありません。じゃが、わしはラ・ルー嬢にはどうも好感が持てませんでな。あの女教師はシャーロット・テンプルのような娘の世話を任すには、つまり校長先生の直接の保護のもとから、わしの孫娘を連れ出すのを許されるには、極めて不適切な人物だと思いますのじゃ。」

「どうか誤解なされませんように、エルドリッジさん、」デュ・ポン校長は答えた、「もし他のお嬢さんたちと一緒でないのに、あなたの孫娘さん一人に私が外出を許したとお思いでしたら、それは誤解でございます。今朝あなたのお孫さんの姿が見えないことに関して、私には思い当たる節がございません。この件については、お孫さんがお帰りにならない限り、全く訳《わけ》が分からないのです。」

ただちに抜け出した二名の者について消息が聞けそうな所すべてへ使いが出されたが、無駄であった。エルドリッジ氏は十二時まで空恐ろしい不安な時を過ごした。そして、その不安は突如、確実性を帯び、もしやと抱いていたわずかな希望も一瞬にして打ち砕かれてしまったのである。

待ち侘びている家族のもとへ、エルドリッジ氏が重い心で帰り支度をしていた時、デュ・ポン校長のもとに名前も日付もない一通のメモが届けられた。

テンプル嬢は元気です。これから努力して彼女を幸せにしようとしているある男性の保護のもとに進んで身を任せたことを両親に知らせ、その不安を和らげたいと彼女は願っています。追跡は無用です。発見を避けるために非常に有効な手だてが講じられているので見つかることはないでしょう。家族が諦めてこの突然の行動を認めたとテンプル嬢が判断する時、居所を連絡するかも知れません。ラ・ルー嬢が彼女と一緒にいます。

デュ・ポン校長はこの無情な手紙を読みながら真っ青になった。手足は震え、水を一杯求めずにはおれなかった。校長は本当にシャーロットを愛していた。シャーロットの無邪気で優しい性質を思い起こした時、シャーロットにこのような軽率な行動を取らせたのはラ・ルーの画策だったに違いないと判断したのである。デュ・ポン校長は母からの手紙を受け取った時のシャーロットの動揺ぶりを思い出した。今、その姿にシャーロットの心の葛藤を重ね合わせ、全てを理解したのだった。

「そのメモはシャーロットとなにか関係があるのですか？」デュ・ポン校長が話すのを待ち切れず、エルドリッジ老人はたずねた。

「さようでございます」校長は答えた、「シャーロットさんはお元気ですよ。でも今日は戻って来れないのです。」

「戻れないですとな、校長先生？　シャーロットはどこにいるのですか？　優しい、待ち侘びている両親に会わせないよう、誰が孫娘を引き止めているのですか？」

「そのように矢継ぎ早に聞かれても困ります、エルドリッジさん。実際、シャーロットさんがどこにいるのか、あるいは誰がお孫さんをその本分から引き離し、誘惑したのか、私には皆目分からないのですから。」

事実の全体像がようやくこの時エルドリッジ老人の頭に一挙に浮かび上がってきた。「では、シャーロットは駆け落ちしたのですな」と、彼は言った。「わしの孫娘はだまされたのじゃ。愛しいシャーロット、年老いたわしの心の慰め、あの娘は道を踏み外してしまった。ああ、こんなことなら、わしは昨日死んでおればよかったのだ。」

悲しみをどっと吐き出したために彼は幾分か落ち着いたようであった。そして、やっとのことでメモを読むだけの冷静さを取り戻した。

「それで、わしは何と言って娘夫婦の所に戻ればいいのですかな？」彼は言った、「どのようにして家に帰ればいいのじゃ、こんなに遅うなって、あの平和な住まいに？　ああ！　ルーシー、かわいそうに！　どうやっておまえはこの悲しい知らせに耐えるというのじゃ？　どうやっておまえを慰めたらよいのか、わし自身がこんなにも慰めが必要じゃというのに？」

老人は馬車に戻った。しかし、来た時の軽やかな足取りと快活な表情はもう見られることはなかった。悲しみが彼の胸をふさぎ、彼の動きを鈍《にぶ》くした。馬車の中にがっくりと身を沈め、白髪頭を垂れ、両手を組み、虚ろな目は動かなかった。大粒の涙が音もなく頬を伝った。苦悩とも諦めともつかぬ表情を浮かべた彼の顔は、まるで、今後は誰にも自分の幸せを自慢できない、また頭の中でさえ自分の宝の孫娘について考えることはできない、と言いたげであった。彼の心が至福に舞い上がっていたまさにその瞬間に、その至福の対象シャーロットが奪われてしまったからである。

第14章　母の悲しみ

馬車がエルドリッジ老人を家へと運ぶ長く辛《つら》い時間が過ぎた。家が見え始めた時、老人は娘夫婦に孫娘の駆け落ちを告げるという恐ろしい役目から免《まぬが》れたいと切に願ったのである。

父エルドリッジ老人の帰りが予定より大幅に遅れているので、子煩悩なシャーロットの両親が不安に駆られたのは容易に推測できる。既に到着していた数人の若い招待客と共に二人はその時食堂にいた。皆いっせいに道路に面する窓から外を見ていた。すると、ついに待ちわびた馬車が現れた。テンプル夫人は可愛い娘を迎えに走り出た。招待客たちもドアの近くに群れ集まり、それぞれが誕生日のお祝いを言おうと待ち構えた。馬車の扉が開いた。だが、シャーロットは現れなかった。「私の娘はどこにいるのですか?」不安で心乱れ、喘《あえ》ぐようにテンプル夫人は叫んだ。

エルドリッジ老人はただ黙って娘、テンプル夫人の手を取り、家の中へと導いた。そして手近にあった椅子に崩れるように座り込むと、声を上げてすすり泣き始めたのだった。

「シャーロットは死んだのね」テンプル夫人は叫んだ。「ああ、愛しいシャーロット！」夫人は悲しみのあまり両手を握りしめ、激しいヒステリー状態に陥った。

驚きと恐怖で言葉を失い、立ちすくんでいた夫のテンプル氏は、思い切ってシャーロットに一体何があったのかと義父にたずねた。エルドリッジ老人は彼を別の部屋に連れて行き、あの決定的なメモを差し出し、大きな声で言った――「キリスト教徒らしく耐えるのじゃ、」そして自分自身のこみあげる悲しみの激情を抑えながら、テンプル氏に涙を見られぬよう背を向けた。

その恐ろしいメモに目を走らせるテンプル氏の気持は形容し難い。読み終えた時、がっくりと肩を落とした彼の手からメモが床にすべり落ちた。「ああ、神様！」と、彼は言った、「シャーロットにどうしてこのような行動ができるのか？」涙もため息も忘れ、彼は茫然と悲嘆の石像と化して座っていた。しかしまもなく、テンプル夫人が立て続けにあげた悲鳴によって我に返った彼は、急いで立ち上がり、夫人のいる部屋へ駆け込み、彼女をきつく抱きしめた――「共に耐え忍ぶのだよ、愛しいルーシー。」ほとばしる涙が張り裂けそうな彼の胸を和らげたのであった。

いつもの平静な思慮深さはどうしたのかとテンプル氏の行動を訝《いぶか》る方があれば、どうか、彼が父親であることを思い出して下さい。そうすれば彼のように気高く、寛大な心の持ち主からも、悲痛な涙がほとばしるわけがお分かりになるでしょう。

テンプル夫人は少しずつ落ち着きを取り戻してはいたが、まだ娘は死んだものと思っていた。そこで夫は、優しく妻の手を取りながら、大きな声で言った――「思い違いをしているよ、おまえ。シャーロットは死んではいないのだよ。」

「それでは、きっと病気になったのですね。そうでなければ、何故シャーロットは帰って来ないのですか？　では、私があの娘の所へ行きましょう。馬車はまだ戸口においてありますね。可愛い娘の所へすぐに行かせて下さい。もし私が病気になれば、あの娘は看病しに、私の苦しみを和らげるために飛んで来ますわ、そして私を元気づけてくれるでしょう。」

「落ち着くのだよ、最愛のルーシー。おまえが落ちつけば、すべてを話してあげよう」テンプル氏は言った。「学校に行ってはいけない。そんなことをしてもどうにもならないんだよ。」

「あなた、」と、断固とした落ち着きを表情に取り戻しながら、テンプル夫人は言った、「お願いですから、真実を話して下さい。こんな恐ろしい宙ぶらりんの状態に耐えることはできません。どんな不幸が我が子に降りかかったのですか？　どんなにひどいことでも真実を知らせて下さい。私は耐えてみせます。」

「ルーシー、」テンプル氏は答えた、「私たちの娘は生きていて、死の危険はないのだと想像してごらん。そうすると、次にどんな不幸をおまえは想像するかね？」

「死よりもひどい不幸が一つあります。でも、まさかあの娘に限って……」

「あまり娘を買いかぶってはいけないよ、ルーシー。」

「おお、神様！」彼女は言った、「なんと情けないことをおっしゃるの？　あの子が私たちを忘れるなんて――そんなはずはありません。」

「あの子は私たちをすっかり忘れてしまったのだよ、おまえ。あの子は家族の愛情に満ちた保護よりも見ず知らずの男の愛を選んだのだ。」

「まさか、駆け落ちをしたというのでは？」彼女は鋭く言った。

テンプル氏は黙っていた。

「否定なさらないのね」彼女は言った、「あなたの涙で分かります。私の運命が見えるわ。ああ、シャーロット！　シャーロット！　私たちの愛情に対する何というひどい仕打ちなの！　慈悲深い天なる父よ、」ひざまずきながら、彼女は続けて言った、そして涙の溢れる目を上げて、天に向かって両手を合わせた。「今度だけ、子供への愛に心乱れる母の祈りをお聞き下さいませ。おお、寛大なる神様、あの軽率な愛しい娘を見守って下さい。あの子が悲惨な運命に陥らぬようお救い下さい。そして、ああ！　神様のお慈悲でもって、あの娘を母親にしないで下さい、娘が今の私の苦しみを味わうことがないように！」

夫人は最後の言葉を震える声で口ごもりながら言った、そして気を失い、夫の腕の中に倒れ込んだ。夫は思わず妻のそばにひざまずき祈っていたのだった。

かけがえのない希望に裏切られた時の、母の苦悩は、母のみが知っています。とはいえ、若い読者の皆様、私はあなた方にこの場面を心に留めてほしいのです、そしてあなた方自身もいつの日か母になることを思い起こして下さい。ああ、若い皆様、あなたが永遠の幸せを大切にするように、あなたを生んでくれた母の平安を、軽率な恩知らずの行為によって、傷つけてはなりません。生まれた時から今まで、あなたの欲求と願望のすべてに母が払ってくれた優しさ、気遣い、絶え間ない心配を思い出して下さい。あなたが義務を果たした時に母の目に輝く賛嘆の優しい光をご覧なさい。黙って注意深く母の小言に耳を傾けなさい。それらはあなたの将来の幸福を切望する心から出ているのです。あなたは母を大切にしなければなりません。自然は、全能の自然は、あなたの胸に子としての愛情の種を植えつけたのです。

　さあ、もう一度気の毒なテンプル夫人の悲しみをよく読んで下さい。あなたを産んでくれた母への敬意を忘れ、自分を粗末にして、あなたが悪徳と愚行に向かって道を踏み外す時には、あなたの大切な母も、テンプル夫人と同じ悲しみに打ちひしがれることを忘れてはなりません。

第15章　出国

ラ・ルー嬢とモントラヴィルはチチェスターからポーツマスまでの短い道中の間、あの手この手でシャーロットの気持を取り成した。ポーツマスではアメリカ行きの艦隊の一隻に彼らを直ちに乗せるべくボートが待機していた。

なんとか気持が落ち着いてくると、シャーロットは両親に手紙を書くため、ペンとインクを求めた。両親の許しと祝福を願って、自分の辛い心のうちを、つまり親に背くモントラヴィルへの許されぬ恋心を抑えようと苦しんだ胸のうちの一部始終を、読む者の胸を打つ純真な言葉で切々と訴えたのである。そして将来自分の慰めとなる唯一の夢は、もう一度両親の腕に抱かれ、かなわぬ願いかもしれないが、その口から優しい許しの言葉を聞くことだと書いて手紙を結んだ。

書きながらも涙が絶え間なく流れ、シャーロットは何度もペンを置かなければならなかった。それでも、ずっと心にかかっていたことが片付き、書き上げた手紙を郵便局へ持っていくようモントラヴィルに託した時、彼女はいくらか気が楽になった。そして親の許しの返事を直ぐにでも受け取れるものと甘い期待を抱きながら、いつもの快活さを少し取り戻したのである。

しかし、モントラヴィルは、万一この手紙がテンプル氏に届いた場合に必然的に起こる結果を抜け目なく考え、甲板を散歩しながらその手紙をバラバラに引き裂き、ネプチューン海洋神に委ねることに決めてしまった。その断片を陸へ運ぶかどうかは海の神のご機嫌次第であった。

それとはつゆ知らぬシャーロットは、家族からの返事が届くまで、艦隊がこのままポーツマス近郊のスピットヘッド停泊地に留まっているようひたすら念じ祈っていた。だが、彼女の必死の願いをよそに、乗船二日目の朝、出航の合図が出され、艦隊は錨を上げ、風向きが良くなった数時間後にイギリス南部のアルビオンの白い岸壁に別れを告げたのであった。

一方、テンプル夫妻は考えられる限りの捜索を行った。最初の数日間、彼らはシャーロットは結婚するために姿を消しただけで、いったん固い契りが結ばれると、娘は伴侶と一緒に戻って来て、両親の祝福と許しを乞うだろうという甘い期待を抱いていた。

「そうなればあの娘を許してやろう。」テンプル氏は言った。

「許しますとも！」夫人は叫んだ。「ええ、許しますとも！　どんなに大きな過ちを犯そうとも、あの娘は私たちの子供ではありませんか？　たとえ恥辱と悔恨でうちひしがれていても、かわいそうな子供を立ち上がらせ、絶望している心に平安と慰めをささやくことが私たち親の務めではありませんか。そして優しく抱きしめてあの娘に過ちを忘れさせてやりましょう。」

しかし、一日一日と日は過ぎたが、シャーロットはやはり現れなかった。また彼女についての便りも何一つ聞かれることはなかった。しかも太陽が昇る朝ごとに何かしら新しい希望が生まれ――その夕べは失望をもたらすのだった。ついに希望はなくなり、絶望がその座を奪った。そして、かっては平安の館であったテンプル家は、青ざめ、打ちひしがれた憂鬱の住処《すみか》となったのである。

テンプル夫人にいつも浮かんでいた快活な微笑みは消えてしまった。変わらぬ信仰と、娘の良き手本であったという自負がなかったならば、彼女はきっとこの苦悩に押しつぶされていたことであろう。

「どんなに厳しく自分を振り返ってみても」と、テンプル夫人は自分自身に言い聞かせた、「このような過酷な罰に値するほど怠慢であったとは思えません。この上は、罰をお与えになった神様の意思を受け入れ、謙虚に服従しましょう。もう、娘の身の上を案ずるあまり、妻の務めを怠ることもやめましょう。私はもっと快活に振る舞って、悲しみを克服したように見せましょう。そして夫の苦しみを少しでも和らげてあげましょう。そうすればこの思いがけない不幸で打ちひしがれ、無気力になってしまった夫を元気づけることができるかもしれません。年老いた父も私の世話と心遣いを必要としています。自分自身の悲しみに浸って、大切な二人が私のことで胸を痛めていることを忘れてはいけないわ。胸の内は悩みと悲しみで張り裂けそうだけれど、せめて顔には微笑みを浮かべましょう。私の笑顔を見て、夫や父がほんの少しでも心の落ち着きを取り戻すことができれば、私自身がどんなに辛い思いをしても、その努力は十分に報われるでしょう。」

健気にもテンプル夫人はこう自分に言って聞かせたのであった。その立派な決意を実行しているのを見ながら、私たちはテンプル夫人のもとを離れ、軽率にも女教師の悪巧みに乗せられた哀れな犠牲者の運命を辿ることにしよう。

第16章　余談も必要

シャーロットとラ・ルー嬢が乗った船には、莫大な財産と高い地位を持った一人の将校が乗っていた。その男はクレイトンという名前であった。

若い頃、彼はあちこち旅行をして、異国のものに対して一風変わった好みを持つようになり、自国のものを軽んずる類の男だった。しかもこの気取った好みは女性にすら及んだのである。

それゆえ、シャーロットの慎み深い謙虚さや気取りのない素朴さは彼の注意を引くことはなかった。ところが、ラ・ルー嬢のずうずうしい小生意気さや、自由奔放な会話、そのあでやかな外見は、男を引きつける謎めいた魅力と混ざり合って、完全に彼を魅了したのだった。

読者にはもうラ・ルー嬢の性格がお分かりのことであろう。悪巧みに長《た》け、狡猾《こうかつ》で、利己的なラ・ルーは、寄宿学校での世間から隔絶された単調な生活に心底うんざりしていた。それでベルクールの慇懃《いんぎん》な申し出を渡りに船と受け入れたのだった。そして彼女が奴隷状態と見なす寄宿学校の生活から開放され、一度は悲惨な状態へと彼女を突き落とした愚行と放蕩のあの渦に戻ることを願ったのである。そして、その計画は今や予期していたよりはるかに好都合に実現しつつあると思い、彼女はほくそ笑んでいた。彼女はまず住居を確保するまでは、どんな男の庇護も受けまいと決意していた。だが、人目を忍んでデュ・ポン校長の学校を去ったために、この決意を貫くことは困難であった。ベルクールはポーツマスに着いたらすぐに素敵な住居を用意してあげようとまことしやかに約束していた。しかし、実際その場になると、仕事が忙しいふりをして巧みにこの約束から逃れようとしたのであった。ラ・ルーは彼には約束を果たすつもりなど毛頭ないことを直ちに見抜き、彼女の砲台の向きを変え、クレイトン大佐の心を標的にしようと決めたのである。そしてまもなくクレイトンが彼女の国フランスに並々ならぬ関心を抱いていることを発見した。そこで彼女は早速、結婚の約束のもとに自分を誘惑し、親しい人々から引き離し、その後裏切った悪漢としてベルクールを仕立てあげる話をでっちあげ、涙ながらにそれを語ってクレイトンを欺《あざむ》き、彼の同情を誘ったのである。そして自分の犯した過ちを大いに後悔しているふりをして、ベルクールに対する自分の愛がどのようなものだったにせよ、それはもう完全に消え失せてしまったと断言し、自分の本意ではない今の生き方をやめる機会だけを願っているとクレイトンに訴えた。そして、友人たちは皆自分を見捨ててしまったので、自分は誰にも頼れず、罪と悲惨のうちに生涯を終るだろうと悲しんで見せるのであった。

クレイトンは奇妙な異国趣味が性格に大きく影を落としてはいたが、愛すべきところも多々あった。それで彼を知る人は皆その人情厚い人柄に好感を持っていたのである。また、のんきで人を疑わない性格のため、人々にだまされ、いい鴨にされることもあった。

彼は、若い頃、気立てのよいパリの貴婦人と結ばれた。彼がフランスに対して持っている特別な愛着の原因はその女性への愛情だったのであろう。彼はその女性との間に一人の娘を得た、しかし、娘が生まれて数時間後に母はこの世を去ったのである。この娘は誰からも愛され賞賛された。母のすべての美徳を授かり、父の弱さを持たなかった。成長してこの娘は当時少佐であったビーチャム氏と結婚し、折しも、夫に随行して父クレイトンと同じ艦隊の別の船でニューヨークへ行くところだった。

クレイトンはラ・ルーの見せかけの悔恨と悲嘆の話を信じて憐《あわ》れに思い、すっかり同情していた。何時間も彼女と会話をし、本を読んで聞かせ、一緒にトランプをし、愚痴のすべてを聞いてやり、そして、彼の力の及ぶ限り彼女を守ると約束したのである。ラ・ルーはやすやすと彼の性格を見抜いた。彼女の唯一の目的は自分の利益になるように彼の恋情をかき立てることであった。そして彼女はこの目的を達成したのである。というのも、その航海が終わる前に、彼女に夢中になったクレイトン大佐は違約金五千ポンドの条件で、ニューヨークに到着後すぐに正式に結婚するという署名入りの約束をラ・ルーに与えたからであった。

それでは、私たちの哀れなシャーロットは単調な荒海の船旅の間、どのように時を過ごしたのだろうか？　生来、繊細な体質であったので、疲労と船酔いのために彼女はすっかり弱り果て、ほとんどベッドを離れることができなかった。しかし、モントラヴィルの優しさと心遣いによって彼女の苦しみは少し和らげられていた。さらにアメリカに到着するとすぐに家族からの便りが聞けるだろうという希望が彼女の気分を支え、憂鬱になりがちな時間をなんとか明るく過ごしたのである。

ところで、その航海の間にラ・ルーの運命ばかりか、ベルクールの胸の中にも大きな変化が起きていた。ラ・ルー嬢との情事に夢中だった時には、彼はシャーロットのどこか心を引く控えめな魅力にはほとんど気付かなかった。だが、ラ・ルーへの目的を遂げてこの女にあきあきし、その手練手管と偽善に嫌気がさした時、シャーロットの純真さと優しさに接し、そのあまりにも際立つ対照にベルクールは驚き、賛嘆せずにはいられなかった。彼はしばしばシャーロットと会話をした。そして彼女が物分かりがよく、豊かな教養を持っているにもかかわらず、はにかみやで控えめなのだと知ったのである。肉体の疲労と心の動揺がシャーロットの繊細な容姿に漂わせた気だるさは、彼の目にいっそう美しく映った。モントラヴィルが彼女と結婚するつもりがないことを知っていた彼は、モントラヴィルが彼女を捨てたらいつでも自分の物にしようと心に決めたのである。

読者よ、ベルクールの計画が立派だなどと思ってはなりません。ああ、悲しいかな！女性がいったん不義の恋の誘いに負けて、自分の誇りを捨ててしまうなら、その手管によって欺かれ、大切な親の心も踏みにじってまで自分を捧げたその男の目にさえ、その女性はつまらぬものに映るのです。

罪深い悦びに身を落とす、思慮の足りない佳人を、
男は憐れに思うだろう――さげすみをもって。
いやむしろ、すべての放蕩者どもは淫らな情欲でそのような女性を辱める権利を持っているると思うのです。そして、その不幸な女性が予期に反して男たちの無礼な求愛を退けると、男たちは何を上品ぶっているのだとその女性を冷笑するのです。

第17章 結婚

ニューヨークへ到着する前日、ディナーの後で、クレイトンは椅子から立ち上がり、ラ・ルー嬢のそばに行き、一座の人々に次のように挨拶をした――

「船は今や目的の港に着こうとしておりますので、こちらの婦人が（ラ・ルー嬢の手を取りながら）私の保護のもとに身を置くことになりましたことを、皆様にご報告いたします。私はこの婦人の不幸な話を聞いて、心から同情してまいりました。そして彼女が受けてきた不当な扱いや悪意にも毒されない彼女の愛すべき性質に触れることができました。私は下船する前にこの婦人を敬愛していることを皆様にご報告しておきたいと思います。上陸した暁には、私と彼女の運命を正しく結び付ける結婚によって、私の世話と保護を受けるラ・ルー嬢に妻という明白な社会的肩書を与えたいと固く決意しております。したがって、ここにいらっしゃる紳士の皆様に、今後この婦人の名誉は、私の名誉でもあるということを覚えておいて頂きたいのです。そして」彼は、ベルクールを見やりながら続けて言った、「万一どなたかがこの婦人についてほんの少しでも無礼なことを申されるならば、私はその男を悪漢と公言して憚《はばか》りません。」

ベルクールは軽蔑の笑いを彼に投げかけた。が、深々と頭を下げながらラ・ルー嬢に、結婚を申し込まれて誠におめでとうと祝いを述べた。そして大佐には夫人の品格を非難する者は誰もいませんと言って、滑稽なほどまじめくさって握手をし、船室から出て行った。

実際のところ、ベルクールはラ・ルーを厄介払いできて喜んでいたので、彼女から開放された今、次にどの男が彼女の恥ずべき手練手管の犠牲になろうと、一切気にしなかった。

世間知らずのシャーロットはラ・ルーの心変りを聞いて仰天した。ラ・ルーも、自分と同じように、ベルクールへの強い恋心によって、親しい人々を捨て、戦場に赴《おもむ》く恋人に付いて行きたいというひたむきな思いに駆り立てられていたのだと思っていた。その彼女が他の男性と結婚しようと決心することが、どうしてすばらしいことなのか？　それは確かに間違ったことだ、節操がない。彼女は自分のこの考えをモントラヴィルに話した。すると彼は彼女の単純さを笑った。彼女を可愛いお馬鹿さんと呼び、そして頬を軽く叩きながら、「君は世間知らずだね」と言った。「世間がそのようなことを正当と認めるのは間違っています」シャーロットは答えた。「なぜって、私はいつもあの人たちはニューヨークへ着いたら結婚するものとばかり思っていましたから。確かにラ・ルー先生はベルクールが結婚の約束をしたとおっしゃっていました。」

「それで、彼が本当に約束したとしたら？」

「もちろん、約束を守る義務があると思います。」

「やれやれ、しかし彼は心変わりをしたのだと思うよ」モントラヴィルは言った、「そして、君も知ってのとおり、事情は変わってしまったのだ。」

シャーロットは一瞬注意深くモントラヴィルを見た。自分自身の立場が突然完全に理解できたのであった。彼女はわっと泣きだしたきり、何も言わなくなった。モントラヴィルもまたその涙のわけが分かっていた。彼は彼女の頬にキスをし、心配しないようにと言い、シャーロットの痛切な無言の抗議に耐えきれず、急いでその場を去って行った。

翌朝、日の出前にニューヨーク港に船は停泊した。婦人たちを上陸させるためにボートが手配された。クレイトンが婦人たちに付き添い、一行は一軒の大衆旅館へと案内された。一行が腰をおろすとすぐにドアが開き、クレイトン大佐は自分の娘に抱きつかれていた。彼の娘のビーチャム夫人は一足早く数分前に上陸していたのだった。再会の有頂天の喜びが鎮まると、クレイトンは娘に、亡くなった母の昔の友人としてラ・ルー嬢を紹介した。(何と、その悪賢いフランス女ラ・ルーは自分が彼の最初の妻と同じ修道院にいて、ずっと年下ではあったけれど、その女性の尊敬と好意を受けていたと大佐に信じ込ませていたのだった。)

「ラ・ルー嬢、」ビーチャム夫人は言った、「もし私の母の友人でいらしたとすれば、あなたはきっと素晴らしい方ですわ。」

「ラ・ルー嬢はまもなく私たち家族の誇りとなるのだよ」クレイトンは言った。「おまえの母さんの後を継いでもらうのだよ。娘よ、おまえは嫁いでいるのだから、責めはしないと思うが――」

「おっしゃらないで、大切なお父様、」ビーチャム夫人は答えた。「私は自分の務めをよく存じております。お父様のなさることなど詮索いたしませんわ。どうかご安心なさって下さい、愛しいお父様。お父様の幸せは私の幸せです。お父様の幸せを喜び、そしてそれを高めて下さる方を心からお慕い申し上げます。でも、教えて下さい」シャーロットの方を振り返りながら続けた、「この愛らしいお嬢さんはどなたですか？　あなたの妹さんでいらっしゃいますの、ラ・ルー嬢？」

シャーロットの頬は真紅のカーネーションのようになった。

「そちらの方は私たちと一緒の船でイギリスから来られた若いご婦人だよ」と、大佐は答えた。それから娘を傍らに引き

ニューヨークの風景　1775年
中央に要塞、左側にトリニティ教会の尖塔が見える
（レノックス図書館エメット・コレクション）

寄せ、シャーロットはモントラヴィルの愛人だとささやいた。

「何てお気の毒なの！」ビーチャム夫人は（ひどく同情して彼女をちらっと見ながら）静かに言った。「でも、確かに、この方は心まで堕落してはいないわ。誠実な表情にお人柄が表れています。」

シャーロットは気の毒という言葉を聞き取った。「私はそれほど落ちぶれてしまったのか？」彼女はつぶやいた。ため息が漏れ、涙がこみ上げた。しかしその時モントラヴィルが現れたので、彼女は高ぶる感情をなんとか抑えた。ラ・ルー嬢は大佐と彼の娘と連れ立って別の部屋に行った。シャーロットはモントラヴィルとベルクールと一緒にその場に残った。翌朝、大佐は約束を実行し、ラ・ルーは我が身の幸運に有頂天になり、正式にクレイトン夫人に納まったのである。そして不幸ではあるが、はるかに罪のないシャーロットをずうずうしくも軽蔑の眼差しで見たのであった。

第二部

第18章　反省

「私は本当にそれほど落ちぶれてしまったのか」シャーロットはつぶやいた、「人から憐れまれるほどにまで？　もう私を認めてくれる人はいないのか？　私が近づくと何時でも笑顔で迎えてくれる友は、二度と持てないのか？　ああ！　なんと愚かで軽率なことをしたのだろう！　同性たちの顔に浮かぶ、軽蔑の冷笑も、憐れみの視線も、どちらも私には耐えがたい屈辱です。ああ！　お父様、お母様、お二人の慈しみ育てた娘が、今や哀れにも一人ぼっちで、付き合う人もなく、深い後悔と苦悩の中で鬱々と過ごしているのが見えますか？　その娘には悲しみを打ち明ける心の友も、優しい母も、支えてくれる女性もいないのです。それでも、シャーロットは落ちぶれたとはいえ、破廉恥な女たちの仲間に入ることはできないのです。」

シャーロットは深い後悔の念におそわれていた。モントラヴィルはニューヨーク市から数マイル離れた所に小さな家を借りてシャーロットを住まわせた。召使の少女を一人付け、十分にお金を与えたが、彼は仕事や遊びであまりにも忙しかったので、家族や親しい人々のすべてから引き離し、純潔を奪った娘シャーロットに捧げる時間はほとんどなかった。確かに、時々、夜も更けて彼はこっそり抜け出し、彼女と数時間過ごしたこともあった。そんな時、彼女は彼をとても愛していたので、一緒にいてくれる間、悲しみのすべてを忘れ去ることができた。月明かりの下で散歩を楽しんだり、あるいは庭の奥の小さなあずまやで彼のそばに座って、ハープを弾きながら、物悲しく、美しい声で歌ったものであった。しかし、彼は頻繁《ひんぱん》に訪問の約束を違えるようになった。さらに、約束を忘れ、彼女を失意で嘆かせた。来ぬ人を待つという、何と辛い時間を彼女は過ごしたことであろうか！　彼女は彼が横切ってよくやって来た原野に面する窓辺に座って、一分一分を数え、恋しい人の姿をまっさきに見つけようと目を凝らしたものだった。そしてついには落胆の涙で何も見えなくなり、両手に顔を埋《うず》め、悲しみに暮れた。それからふと何か新しい希望にすがって、再び見張りの場所に座り、陰鬱な夕べの闇がすべてを覆うまで待ちわびていたものである。そして彼女は甲斐のない嘆きを繰り返しては、失意と傷心で張り裂けんばかりの胸を抱いて、床に就くのであった。しかし、そのベッドには茨《いばら》がまき散らされており、疲れた体を慰める眠りに忘却の国への道案内を求めても無駄であった。眠りは不幸な者にはめったに訪れないのである。

シャーロットの悲しみを誰が想像できようか？　夫への愛情で胸を焦がしながら、冷ややかな態度しか返されぬ妻でさえ、彼女の苦悩をほんのわずかにしか想像できないであろう。そのような妻の立場は確かに痛ましい。それでも、妻の座にある人は哀れなシャーロットにはない多くの慰めを持っている。たとえ冷淡に扱われようとも、従順で忠実な妻は自身の胸の奥にひとつの確固とした喜びを持っている。妻は自分が無視されるのは不当であると主張できるのである――なぜなら、彼女は妻としての務めを今まで完璧に果たしてきたからだ。彼女は不断の熱意と心遣いで、さまよえる夫をまだ呼び戻すことができるかもしれない。そしてついに夫が妻の辛抱強い愛情に報いる時、妻の喜びは以前に倍するものとなるであろう。妻は夫が自分を捨てて他の女と結婚できないことを知っている。どのみち夫は妻を貧困と屈辱に打ち捨てておくことは許されないのである。心満たされぬ妻は周囲を見回して、敬愛するすべての人々の顔に、暖かく迎えてくれる微笑みを見る。優しいいたわりの涙を見る。これら周囲の人々から彼女は慰めを得るのである。しかし、軽率な情熱によって道を踏み外した哀れな娘は、純潔を失うと同時に、自分の人生のかけがえのない宝を捧げた相手の尊敬さえも失って、愚行の果てに男の冷たさを痛切に思い知るのである。そして、失った愛情を呼び戻す術《すべ》を持たない自分の無力さに思い至る。哀れな娘は信義を重んずる男の名誉心以外には二人の間にどんな絆《きずな》もないことを知っている。しかも、誘惑の罪を犯すような男は名誉心などほとんど持ちあわせていないのである。男は即座に女を恥辱と貧困にうち捨てるかもしれない。彼は他の女性と結婚して永遠に女を見捨てるかもしれない。万一そうなれば、捨てられた女に救いはない。傷ついた心に慰めの香油を注いで、いたわってくれる仲間もなく、正しい道へ導き戻す慈愛の手も差し伸べられることはない。捨てられた女は友人の恥となり、世間の信用を失い、ついに我が身を破滅させることになる。彼女は多くの人々のただ中で惨めな孤独をひしひしと感ずる。恥辱が彼女を打ちのめし、悔恨が千々に乱れる心を引き裂き、罪の意識と貧困と病が彼女に止めを刺す。彼女は死の闇の中に人知れず消えて行くのである。青春の花盛りにある道行く乙女に、これ見よがしに男の誘惑に負けてはかなく散った哀れな娘の粗末な墓を指さす人があるかもしれない。その乙女は今が楽しいからといって、自分自身が汚れていないことに有頂天になり、物言わぬ死者に向かって得意がるだろうか？　いや！　少しでも哀れを知る心を持ちあわせているならば、乙女は立ち止まり、そして愚行を犯した薄幸の犠牲者に次のように話しかけるだろう――

「貴女にも落度はあったのでしょう、けれど貴女の苦しみがそれを贖《あがな》ったのです。過ちによって貴女は若くしてあの世へ旅立ちました。けれど、貴女も私と同じ女性、不幸をこうむることで貴女の過ちは許されたのです。」

そして、その乙女が墓地の芝生から雑草を取ってあげようと屈む時、こぼれるひとすじの涙がその地を慈愛で清めるだろう。

人間愛から溢れでる聖なる涙を讃えよう。慈悲の天使が涙の主を書き留《とど》め、その魂を不滅のものとするだろう。


親愛なる奥様方、眉をしかめないで下さい。私は罪と愚行の犠牲になった不幸な女性たちの罪を軽くしてほしいと願っているのではありません。そうではなく、私たち自身どれほど多くの罪を犯しているか、どれほど多くの秘密の罪を心の奥底に隠し持っているかを顧みる時、必ずや、他の人々の罪にも同情せずにはおれません。私達の隠れた罪も公にされれば赤面の極みなのです。(ですから罪には情け深い審判者の寛大さと憐れみが必要なのです、さもないと私たちは来世の展望に恐れ戦《おのの》くことになるでしょう)。親愛なる奥様方、このことを考える時、必ずや、私たちは他の人々の罪を憐れに思わずにはおれないのです。

いったん悪徳の茨《いばら》の道に迷い込んだとしても、多くの不幸な女性は、もしだれか寛大な友人が元気づけ、立ち上がらせてくれるならば、嬉々として美徳の道に戻っていくものなのです。しかし、ああ、そんなことはありえない、とおっしゃるのですか？　そんなことをすれば、世間は軽蔑し、嘲笑するだろうとおっしゃるのですか？　それはあまりにも冷淡です。そんな世の中は、寛大な神様が与えて下さる祝福の半分にも値しないのです。

ああ、あらゆる善の源である神様！　もし私たち罪深い人間が、同胞の過ちを見て見ぬふりをし、その惨めさを和らげようと手を差し伸べないなら、最後の審判の日にあなたのお慈悲を仰ぐことは決してできません。

第19章 思い違いだった！

ジュリア・フランクリンは資産家の一人娘である。十八歳の時、父親が亡くなり、彼女は年七百ポンドの収入をもつ経済的に独立した女主人となったが、人柄《ひとがら》は活発で、人情があり、心は繊細な少女のままだった。ニューヨークで一緒に暮らしていた叔父はジュリアをたいそう可愛がり、その思慮分別を高く評価していた。それでたいていの若い女性に対して詮索するほど、この姪の行動を詮索することはなかった。そしてモントラヴィルはニューヨークに着いて間もなく、社交界の花形であったジュリアに偶然紹介されることになったのである。

モントラヴィルが歩哨に立っていたある夜、恐ろしい火事がフランクリン家の近くで発生し、二・三時間で、その家と他の数軒の家を全焼した。幸運なことに死者は出なかった。軍人たちの尽力で多くの貴重な財産が炎から救われたのである。その混乱の最中、一人の老紳士がモントラヴィルの所にやって来て、彼の手に小箱を渡し、大きな声で言った――「軍人さん、戻って来るまでこれを預かっていて下さい。」それから大急ぎで再び雑踏の中に消えて行った。モントラヴィルは二度とその老紳士を見ることはなかった。火事が完全に消え、群衆がいなくなるまで待っていたが、その老紳士は自分の持ち物を受け取りに来なかった。モントラヴィルは、法的権利もないのにその小箱を請求する詐欺師にだまされないように、うかつに小箱について人にたずねることを慎んだ。彼は小箱を宿舎に持ち帰り、鍵を掛けてしまいこんだ。当然、その小箱を彼に託した人物は彼を知っており、一・二日のうちにそれを受け取りに来るだろうと想像したのである。しかし、数週間が経過してもだれもたずねて来ないので、彼は不安になりはじめた。そこで小箱の中身を調べ、もしそれらが予想どおりに価値あるものなら、何とかして持ち主を見つけ、返還しようと心に決めたのである。小箱を開けてみると、その中には沢山の宝石と二百ポンドばかりのお金、そしてブレスレットにはめ込まれた小さな絵が入っていた。その絵を仔細《しさい》に調べてみて、直ちにそれにそっくりの顔だちをどこかで見た覚えがあると思った。数日後、公的な集まりに出席していた時、彼はジュリア・フランクリン嬢を見かけた。彼女はまさにブレスレットの絵そのものであった。彼はあの令嬢を知っているかと将校仲間にたずね、その一家と親しい間柄の人物を見つけ出したのである。「では、僕を直ちにあのお嬢さんに紹介して下さい」と彼は言った、「というのも、あのお嬢さんがきっとお喜びになるあるものについてぜひお知らせしたいのです。」

彼はすぐにフランクリン嬢に紹介され、彼女がその宝石の所有者であることが判明したのである。早速翌日の朝食に招待を受け、その折りに宝石箱を返還する手はずになった。この夜会の間ずっとモントラヴィルはジュリアに丁重にもてなされた。彼女の機知に富んだ生き生きとした会話、優雅な物腰はたちまち彼を魅了した。彼はシャーロットを忘れ、愛想よく、優しい言葉を並べ立ててジュリアの機嫌を取るのに夢中になったのであった。しかし、帰宅し床に就くと、すぐに我に返った。「おれは何をしているのだ?」彼は言った。「たとえシャーロットと結婚できなくても、おれはあの娘を捨てるような悪党にはなれない。またジュリア・フランクリンの心も弄《もてあそ》んではいけない。この小箱は返そう」と、彼は自分に言った。「この小箱にはもう随分気を使った。夕方にはかわいそうなシャーロットを訪問しよう、そして魅力的なジュリアを忘れるようにしよう。」

翌朝起きると、彼は服を着て、小箱の中から絵をはめられたブレスレットを取り出しながら、「これは取っておこう」とつぶやいた。「ジュリアがなくなっているのに気付いた時、それを差し出せば、ジュリアは一層恩に着るだろう。」彼はフランクリン氏の家に行った。するとジュリアは一人で朝食の部屋にいた。

「僕はなんと幸運なのでしょう、お嬢さん」彼は言った、「これらの宝石を預かったおかげで、あなたのような素敵な方とお近づきになれました！　あなたの宝石とお金はすべて無事ですよ。」

「でも、絵はどこにありますの？」ジュリアはたずねた。

「ここにあります、お嬢さん。僕はその絵を手放したくなかったのです。」

「それは母の肖像画なのです」彼からブレスレットを受け取りながら、彼女は言った、「これだけしか残っていないのです。」それにくちづけをしながら、目に涙がきらめいた。モントラヴィルはジュリアの灰色のナイトガウンと黒いリボンをちらっと見た。しかし気持が高ぶってものが言えなかった。

ジュリア・フランクリンはシャーロットとまさに対照的であった。ジュリアは背が高く、姿は優雅で、上流階級の婦人の雰囲気を身に漂わせていた。顔色は生き生きと健康な小麦色で、目は生彩に溢れ、黒く輝き、長い絹のような睫毛の下から知性がきらめいていた。彼女の髪は艶々とした鳶色で、その容貌は端正で人目を引かずにはおかなかった。いつも機嫌の良い彼女の顔には無邪気な陽気さが戯れていた。

「おれは間違っていた」モントラヴィルは心の中で言った、「おれはシャーロットを愛していると思っていた。しかし、ああ！　あの娘への愛着は一時の衝動にすぎなかったと、今分かった。だが、もう、取り返しがつかない！　おれはあの哀れな少女の生涯を台無しにしたばかりでなく、自分自身の幸福の道もふさいでしまった。もうそれを乗り越えることはおそらくできないだろう。ジュリア・フランクリンを激しく真剣に愛しているのが自分でもよく分かる。しかし、ジュリアを前にすると黙ってしまうのは、彼女に受け入れてもらうのにふさしい愛の心を差し出すことができないからだ。」

痛恨の思いを抱きながら、モントラヴィルはシャーロットに会いに出かけた。彼女は彼を見つけて、出迎えに小走りに出て来た。彼女の顔からは彼がいない時にいつも現れている鬱々とした様子は消え去り、喜びを満面に浮かべて彼を出迎えた。

「私をお忘れになったのかと思って悲しかったわ、モントラヴィル」彼女は言った。

「僕は決しておまえを忘れたりしないよ、シャーロット」彼女の手を握りしめながら、彼は言った。

彼の表情のいつもと違う真剣さと、返答の短さに彼女は少し驚き不安になった。

「どこかお加減が悪いの？」彼女はたずねた、「手が熱いわ、そして目がとても疲れているように見えます。」

「おれは悪党だ」感情を隠すために彼女から顔を背《そむ》けながら、彼は心の中で呟《つぶや》いた。

「こちらにいらして下さい、」彼女は優しく続けた、「あなたを休ませて差し上げますわ。おそばであなたを見守りましょう。お休みになれば気分が良くなられますわ。」

モントラヴィルは言われるままにほっとして床に就き、眠ったふりをして彼女の鋭い目から心の動揺を隠した。シャーロットは彼のそばで遅くまで彼を見守り、それから、そっと傍らに横になり、深い眠りに落ちた。その眠りから翌朝遅くまで彼女は目覚めることはなかった。

第20章

堕落した娘に救いの手を差し伸べる時
美徳の女神は美しく輝く
偶然の出来事の章

シャーロットが目覚めた時、モントラヴィルは傍《かたわ》らにいなかった。シャーロットはモントラヴィルが外の景色でも楽しむため朝早く起きたに違いないと思って、自分も外に出かけようとしていた。その時、ふとテーブルの上に目をやると、その上に折り畳んだ短い手紙が置いてあった。急いでその手紙を開くと、次のように書かれていた――

しばらくあなたに会えませんが、驚かないで下さい。のっぴきならない仕事ができて、当分ここに来れなくなったのです。どうか僕のことは心配しないで下さい。今朝はとても気分がよくなりました。僕が病気ではないかと優しく心配してくれましたが、疲れていただけでした。数時間休むとすっかり元気になりました。安心して下さい、あなたへの友情は変わりません。

モントラヴィル

「友情ですって！」その手紙を読み終えて、シャーロットは語気を荒らげて思わず叫んだ、「こんな言葉を使うなんて！　ああ、哀れな、見捨てられたシャーロット！　あなたの運命はこれではっきりしたわ。モントラヴィルはもうあなたの幸福など気にもしていない。恥辱と、悔恨と、裏切られた愛が残るだけ。」

運命を感じて、シャーロットは思わず叫んだが、しかし数時間も過ぎると、はかない希望にすがり、もう一度よく読み直して、彼が書き残した数行の中に、最初は気付かなかった優しさを発見できたと信じようとするのだった。

「あの人は絶対に私を捨てるような卑怯な人ではないわ」彼女は言った、「それに自分のことを私の友人と呼んでいる。だから私を守ると約束しているのよ。得体の知れない不安で苦しむのはやめましょう、シャーロット。あの人の誠実さを信じましょう。あの人は人の弱みにつけ込むような卑劣な人ではないわ。」

こんなふうに自分に言い聞かせて、彼女が幾分か心を落ちつけたちょうどその時、ベルクールの訪問が彼女を驚かせた。シャーロットの表情、腫れぼったい目、そして乱れたままの服装にはっきりと落胆を見て取り、彼はすぐに彼女の不幸を察した。彼はモントラヴィルがつれなくして彼女の猜疑心を目覚めさせたのだと確信したのである。彼女の嫉妬心をかき立て、彼を責めさせ、二人の間に不和を引き起こすのは今だ、と彼は考えた。「恋敵《こいがたき》がいることをシャーロットに信じさせることができれば」彼は密かに思った、「冷淡なモントラヴィルへの腹いせに、シャーロットは僕の口説きに耳を傾けるだろう。」ベルクールは乙女心をほとんど知らなかった。彼が知っていたのはただ、淫らでふしだらな生活を送る女心についてだけであった。女性がだまされて男に捨てられ、しかもなお、他の男の誘惑を嫌悪と軽蔑で拒むほどに強く節操を守ろうとするなど、彼にはとうてい考えられないことであった。一度は優しく愛されていた淑やかで寛大な乙女心が、冷淡な仕打ちを受けた時、悲しみに沈むことはあっても、決して仕返しをしようとしないことを彼は知らなかった。

ベルクールは長居はしなかったが、立ち去る前にシャーロットの胸の中に一匹の蠍《さそり》を忍ばせた。その毒は彼女のそれからの生活のすべてを苦いものにしたのである。

さて、話をしばらくクレイトン大佐に戻そう。彼は結婚して三ヵ月になっていた。その短い三ヵ月の間でさえ、クレイトン夫人の振る舞いは身分にふさわしくない、思慮に欠けるものであった。しかし、諫《いさ》めても無駄であった。彼女の気性は激しかった。その上、大佐にとって不幸なことには、彼は心から夫人を愛していたのである。彼女は彼に及ぼす自分の影響力を見て取り、オデッセウスを誘惑した妖婦キルケの手練手管で彼を操り、自分の思い通りに行動した。知人たちは彼の愚かさを笑い、友人たちは彼の惚れ込みようを憐れんだ。彼の心優しい娘、ビーチャム夫人は、父の娘への愛情が失われたことを密かに嘆き、そして、父が手練手管に長けた、破廉恥な女に振り回されているのを見て心配したのであった。

ビーチャム夫人は穏やかで魅力的な女性だった。彼女は都会の喧騒を好まず、夫を説得してニューヨークから数マイル離れた所へ家を持つことにした。たまたまシャーロットと同じ地区に住むことになり、しかも彼女らの家はすぐ隣近所であった。庭は地続きであったため、新しい家に入居して間もなく、ビーチャム夫人はシャーロットの姿を見かけ、その心ひかれる容姿を思い出したのである。彼女はシャーロットの顔に、物悲しい憂いがありありと表れているのを見た。この人はおそらく、純潔とか、友人など人生の宝すべてを失い、異国で惨めに暮らすうち、傷心にうちひしがれ、時ならずこの世を去る運命《さだめ》にあるのではないか。そのように思い夫人は胸を痛めるのであった。「そんな酷《むご》い運命から何とかあの少女を救い出したいものだわ、世間の目さえ気にならなければ」彼女は思った、「でも、冷たい世間は、哀れなか弱い少女に対し門を閉ざしている。彼女を立ち上がらせ、元気づけてくれる親切な友人が一人でもいれば、平安と美徳の生活に立ち帰ることができるのに。少女に対してばかりでなく、さまよえる少女を憐れみ、呼び戻そうと努力する女性に対してさえ、世間の人々は軽蔑と嘲りの冷笑を浮かべてきたのですもの、天使も喜ぶと言われる行為なのに……」

ビーチャム夫人はシャーロットの孤独な生活を長く目にすればするほど、ますますシャーロットに話しかけたいと願うようになった。そして、しばしばシャーロットの頬が苦悩の涙で濡れているのを見た時、夫人は心の中で呼びかけたものだった——「愛しい苦しむ人よ、どんなにかあなたの心に慰めの香油を注いであげたいことか。でも、私は周囲の目が恐いのです。」

しかしまもなく、落胆している同胞を慰めることができるなら、世間からどんなに嘲笑されてもかまわないとまで、夫人が思いつめる出来事が起きたのである。

ビーチャム夫人は早起きだった。ある朝、夫の腕にもたれて、庭を散歩していると、どこからともなくハープの音色が聞こえてきた。注意深く耳を傾けると、柔らかく美しい声が、はっきり悲しみの詩を歌っているのが聞き取れた。

眩《まぶ》しく輝く太陽よ
　すべてのものに生気を与えるため
海からまさに昇らんとする
　その光は我に何を語るか
その光は、新生の日を迎えるため
　立ち上がれと呼びかけるが、空しい
ああ、太陽への我が朝の儀式は
　嘆き悲しむことと祈ること
何故に自然はかくも美しいのか
　この疲れた胸に、平安も慰めも
頼るべき友も現れないのに

ああ！　命ある限り、決して！　決して！
我が苦悩は止むことなし
　されば優しき死よ、汝により
我に平安を与えよ

そっと伝った。

ビーチャム大佐は妻がひどく心を動かされているのを見て驚いた。「シャーロットって誰なんだね？」彼はたずねた、「その女性を知っているのかね？」

「かわいそうなシャーロット！」ビーチャム夫人は思わずつぶやき、彼女の頬を涙が人を憐れむ天使の口調で夫人はシャーロットの不幸な立場と、彼女を助け、役に立ちたいとしばしば願ったことを夫に打ち明けた。「私は」続けて彼女は言った、「あの気の毒な少女は卑劣な男に裏切られたのだと思うのです。もしあなたが許して下さるなら、私はあの少女を訪問して友達になってあげたいのです。慰めてあげたいのです。おそらくあの少女はひとときも心の休まる時はないのでしょう、あんなにもひどく嘆き悲しんで――。ですから、少しでも心の平安を取り戻すよう助けてあげたいのです。

あなた」優しく夫の腕に手を置きながら、「愛情深い両親があの少女の過ちを嘆いているに違いありません。もしあの少女が親元に帰れたら、両親は狂喜して彼女を迎え、喜びの涙で娘の過ちを洗い流すでしょう。ああ！　もし運よく私が彼女を立ち直らせるきっかけとなれれば、何とすばらしいことでしょう。あの娘は心までは堕落していないかも知れないのです、ビーチャム。」

「気高きわが妻よ！」彼女を抱きしめながら、ビーチャムは叫んだ、「君こそ、私の誇りだ。その寛大な心のままに行動しなさい、私のエミリー。淑女ぶった気取り屋や、愚かな女たちには非難させておけばよい。そんな女たちが感じたことのない細やかな感情を、咎《とが》めたくばそうさせればいい。私は堂々と連中に告げよう、真に高潔な者は常に同胞の過ちを憐れみ許すものだと。」

愛する夫にほめられ、支持されたビーチャム夫人は飛び上がらんばかりに喜び、生き生きした顔を一段と輝かせたのである。天にも昇るような歓喜が彼女を満たした。そして、朝食を済ませた後、彼女はいそいそとシャーロットを訪れる支度に取りかかった。

第21章

人の悲しみを我がことのように思い
人の過ちを見逃す心を教えて下さい
その慈悲を私が他人に施すように
私にも施して下さい

ポープ

ビーチャム夫人は身支度を整えてから、シャーロットと知り合いになるきっかけをどうしたものかと、はたと当惑した。どのようにして最初の訪問をしたらよいのか思い悩んだ。「なにかきっかけなしには行けないわ、」彼女は言った、「わけもなく訪問すれば、でしゃばった詮索好きのように思われるし……」あれこれ迷った後、気を落ちつけて、菜園に行き、美味しそうな胡瓜《きゅうり》を少しもぎ取って、訪問の言いわけに持って行くことにした。

ビーチャム夫人が入って来るのを見た時、シャーロットの顔は驚きと恥ずかしさで真っ赤になった。

「どうかお許し下さいませね、奥様」夫人は言った、「こんなにすてきな隣人がいらっしゃるのに、ご挨拶が遅れまして。私共イギリス人は何処へ行っても、遠慮深さがついて回りますのね。国民性というのでしょうか。でも今朝は失礼も省みず、胡瓜を少しお持ちしましたのよ。奥様のお庭に胡瓜は見かけしなかったものですから。」

シャーロットは礼儀正しくしつけられていたが、ビーチャム夫人の突然の訪問にはすっかり気が動転して口ごもるだけであった。この親切な訪問者は相手の狼狽《ろうばい》に気づかぬふりをして気を楽にさせようとした。「奥様、私は」ビーチャム夫人は続けて言った、「ご一緒に一日を過ごして頂きたいと思いまして伺いましたのよ。私も一人きりです。私たち二人ともこの国には慣れておりませんから、これからは互いに仲良くして慰め合えば、とても楽しく過ごせると思いますわ。」

「奥様に仲良くして頂けるなんて」赤くなりながらシャーロットは言った、「大変光栄でございます。私はこの国については何も存じませんけれど、奥様の心の優しさと慈悲深さについては伺っておりました。でも私と仲良くして下さるなど──」彼女は口ごもった。自分自身の現在の惨めな立場をふと思い起こすと、抑えようとしていた涙が溢れ出したのである。

「お辛《つら》いのですね、奥様」ビーチャム夫人は涙の理由を思いやって言った、「私を信頼して、あなたの悩みを打ち明けて頂けますか？　お力になりたいと思っています。どうか私を信頼なさって下さい。」シャーロットは感謝を込めて夫人を見たが、ものが言えなかった。ビーチャム夫人は続けた――「初めてあなたをお見かけした時から、何かできることがあればお力になりたいと思っておりました。もっと早くにお知り合いになればよかったのにと残念です。でも、これからは私のことを友達と考えて下さい。」

「ああ、奥様！」シャーロットは叫んだ、「私は親しい人々すべての愛に背いてしまったのです。私は家族を見捨てて、自分を台無しにしてしまったのです。」

「さあ、さあ、落ちついて、」ビーチャム夫人は言った、「そんなに惨めに考えるものではありません。思っておられるほど、ことは深刻ではないかもしれませんわ。努めて気持を楽になさってね。そして今日は夕食に招待させて下さい。その時に、私を友として信頼して下さる気持になられたら、あなたの信頼に必ずお応えしますわ。」

それから彼女は立ち上がって暇乞いを告げた。

招待された夕食の時間にシャーロットはビーチャム夫人の家を訪問した。そしてディナーの間できるだけ冷静な態度を装っていた。しかし、食事が片付けられた時、シャーロットは勇気を奮い起こし、彼女の不幸な駆け落ちに至ったすべての事情と、そして不本意な今の生活を止めたいという切実な願いをビーチャム夫人に知ってもらおうと決意したのである。

慈悲の天使のように優しい表情で、ビーチャム夫人はその偽りのない話に聞き入った。彼女はラ・ルーがこの気立てのよい娘を誘惑に陥れた張本人であることを知って心底驚いた。そして、こんなひどい女が自分の父の現在の妻であることを思い返した時、くやし涙がこぼれてきた。シャーロットが話し終えた時、乱れた心を落ちつかせるために間を置いて、家族に手紙を書いたことはあるのかと夫人はたずねた。

「ありますとも、奥様」シャーロットは答えた、「何度も、何度も。でも私は家族の心を傷つけてしまったのです。家族はみんな死んでしまったか、永久に私を見捨ててしまったかどちらかなのです。たった一通の短い返事さえ受け取っていないのですから。」

「もしかすると」ビーチャム夫人は言った、「ご家族はあなたの手紙を一度も受け取っていらっしゃらないのではないでしょうか。でも、仮にご家族から便りがあって、喜んであなたを迎え入れるとなれば、その時にはあなたは冷淡なモントラヴィルのもとを離れて、ご家族の所へお帰りになりますか？」

「もちろんですとも！」手を固く握りしめながら、シャーロットは言った、「表面だけの穏やかさにだまされて大海原に出た哀れな船乗りは、嵐に翻弄《ほんろう》され、死に脅かされているのです。旅立ったその陸地に戻ることを必死に願わないわけはありません。ああ、奥様、私は帰ります、たとえ焼けつく砂漠を裸足で歩こうとも、行きずりの人から物乞いをしてでも。私はどんなことにも嬉々として耐えるでしょう、もし一度だけでも大切な優しい母に会うことができ、母の許しを聞くことができるならば、そして死ぬ前に私を祝福してもらえるならば。でも、ああ悲しいこと！　私はもはや二度と母には会えないのです。母は恩知らずのシャーロットを忘れてしまったのです。私は父母の呪いを背負って墓の中へと消えて行くのです。」

ビーチャム夫人は彼女を優しくなだめようとした。「もう一度ご家族に手紙をお書きなさい」彼女は言った、「そうすれば、その手紙がイギリス行きの最初の定期便で送られるように取り計らいます。その間、元気をなくさず、勇気を持って、あなたの願いにふさわしく振る舞い、希望を持ってお待ちなさい。」

それから夫人は話題を変えた、そしてシャーロットは一杯のお茶を飲んだ後、親切な友に別れを告げた。

1870年頃ニューヨークで出版された
本の広告ポスター：シャーロット・テンプル

第22章　心の悲しみ

帰宅すると、シャーロットは考えをまとめようと努力した。愛する両親に話しかけるためにペンを取ったのである。過ちを犯しはしても彼女は両親を深く愛していた。しかし、筋道を立てて書くのは無理だった。涙が後から後から溢れ出して何も見えなかったのである。そして自分の不幸な状態について書き綴るにつれて、ひどく心が乱れ、それ以上書き続けることができず、ベッドに身を投げ出し、心労のせいで、つい眠り込んでしまった。しかしその眠りは彼女を大いに元気にしてくれた。翌朝、目覚めると、気分はいくらか落ち着き、楽になって、成し遂げなければならない辛い課題に勇気を出して取りかかることができた。何度か試みた後、ついに母へ次のような手紙を書き終えた――

母上様

ニューヨークにて

かつては優しかった、最愛のお母様、罪を犯しましたが、後悔している娘からの手紙を受け取って下さいますか？　それとも当然のことながら私の忘恩にお怒りになって、不幸せなシャーロットをお忘れになったのでしょうか？　ああ、傷心のお母様！　たとえ勘当されようとも、私には不平を言う資格も勇気もありません。それは当然の報いなのです。それでも、信じて下さい。罪を犯し、誰よりも私を愛してくれた両親の希望を無残に裏切ってしまいましたが、それでも、かつての娘は、自分の務めを忘れて、お母様と幸せから逃げ去ったその瞬間でさえ、その時でさえ、あなた方を一番愛していました。あなた方の苦しみを思って私の心は激しく痛んだのです。ああ！　決して、決して！　生きている限り、あの時の苦悩は私の記憶から拭い去られることはないでしょう。それはまるで魂と肉体が引き裂かれるようでした。自分の犯した行為について何と言って申し開きができるでしょうか？　悲しいかな！　何もできないのです！　私は心の底から誘惑者を愛しました！　情熱は多感な若い心の中で強く燃え上がりました。それでも、親切ごかしに私を破滅へと引きずり込んだ一人の女性にそそのかされていなかったなら、いえ、致命的に軽率な一歩を踏み出すよう強要されていなかったなら、その情熱とても、あなた方、最愛の両親への私の愛情を凌《しの》ぐほどではなかったでしょう。そそのかされはしましたけれど、あなたのシャーロットが自ら進んで恥辱の生活に飛び込むほど堕落したとは考えないで下さい。いいえ、最愛のお母様、私は誘惑者のまことしやかなうわべに欺《あざむ》かれ、その男の厳粛な結婚の約束を少しも疑わなかったのです。そのような約束がかくも易々と忘れ去られようとは思ってもいませんでした。身を屈してまで私を誘惑した男が、その移り気な心がいったん相手の優しさに飽き飽きすると、何のためらいもなく情熱の対象を捨て去ろうとは、私は夢にも思いませんでした。私たちがこの地ニューヨークに着いた時、彼が約束を果たしてくれるものとばかり思っていました。でも期待は裏切られ、彼が私を妻にするつもりがなかったことを私ははっきりと確信したのです。あるいは、一度は妻にしようと考えたことがあったにせよ、彼の心は今では変わってしまったのです。私は彼の愛情から手に入れることができないものを、彼の道義心に訴えてまで要求する気になれませんでした。私は純潔を失ってはじめて、世間の冷やかな目に気付きました。私は悲しみを胸に納め、黙って痛手に耐えました。でも、これからどのように生きてゆけばよいのでしょうか？　この男、私が純潔も、幸福も、家族の愛もすべてをそのために犠牲にした、この冷酷な男モントラヴィルは、彼の手管が惨めにした純真で世間知らずの娘を、もはや愛をもって見ることはなく、軽蔑さえしているのです。最愛のお父様、お母様、あなたの娘が社交の場を失い、友もなく、悔恨の情に苛《さいな》まれているのが見えますか？　そして（このように書きながらも恥ずかしさで頬が真っ赤になるのを感じます）裏切られた愛の痛手に苦しみ、彼の冷淡さによって魂の底まで切り裂かれるのが見えますか？　その上、私からすべての慰めを奪ったその男は、自分が植えつけた止むことのない後悔の刺《とげ》に疼《うず》く哀れな娘の心の痛みを、もはや和らげる価値さえもないと思っているのです。私の日々の仕事はあなた方のことを思って泣き、あなた方の幸せを祈り、そして自分自身の愚行を嘆き悲しむことなのです。私の夜は辛《かろ》うじて昼よりも幸せです。というのも、もしたまたま私が疲れた目を閉じて、悲しみを忘れ、わずかな時を過ごそうと願う時、まだ目覚めている空想が、ふわりと私をイギリスへ、故郷へ、父母の所へと運んでくれるからです。私には最愛のあなた方の姿が見えます。私はひざまずいて穏やかな許しの言葉を聞くのです。恍惚とした喜びが私の魂にみなぎるのです。私はあなた方の優しい抱擁を求めて手を差し伸ばします。けれどもその手は虚しく空をつかむだけ――。私は目覚めて本当に惨めになるのです。また別の時には、お父様が怒って顔をしかめ、恐ろしい洞穴の方を指さすのが見えます。そこに、冷たく湿った地面の上に、私は最愛のお母様と敬愛するお祖父様が今にも死にそうにもがいているのを見るのです。私は懸命にお母様を起こそうとします。でもお母様は私を突き放し、そして甲高い声で叫ぶのです――「シャーロット、おまえが私を殺したのよ！」恐怖と絶望が苦痛に悩むすべての神経を引き裂きます。私ははっとして我に返り、疲れ果て、力なく眠れぬベッドを離れるのです。

このような幻は恐ろしいものですが、私にはさらにもっと恐ろしい一つの事実があるのです。お母様、最愛のお母様！　お聞きになっても嘆かないで下さい。数ヵ月もすれば、私の罪のいたいけな生き証人が生まれるのです。ああ、血の出るように苦しい胸！　私は哀れな無力な小さきもの、汚名と恥辱の跡継ぎを産むのです。

ただこの事実のために、私は手紙を書かずにはおれませんでした。このかわいそうなお腹の子を憐《あわ》れんで下さるように、道に迷ったシャーロットの子供に保護の手を差し伸べて下さるようお願いするために、今一度、私はこの手紙を書かずにはおれなかったのです。自分のためではないのです。私自身は、何度も何度も手紙を書きました。そして繰り返し繰り返し許しを乞い、私をもう一度お父様の家に迎え入れて下さるようお願いしてきました。でも、短い返事の一通さえ頂けませんでした。ですから私は永久に見捨てられたのだと悲しく思っているのです。

でもきっと、あなた方は私の罪のない幼子を守ることを拒絶なさらないと信じます。その子に罪はないのです。ああ、お父様、ああ、なつかしいお母様、今、私はあなた方の心に投げかけた苦悩が倍になって私自身に跳ね返ってくるのを感じます。

もし私の子供が女の子であれば、その子に母の不幸な運命を語ってやって下さい。そして母の犯した過ちを避けるようにと教えて下さい。もし男の子であれば、母の不幸を悼《いた》むよう教えてやって下さい。しかし、誰が母を不幸な目にあわせたのかは告げないで下さい。母を傷つけたことにその子が復讐したいと願って、その子の父の平安を傷つけたくないからです。

それでは、最愛のお父様、お母様、幼き日の優しい守護者よ、ご機嫌よう。私はあなた方にお会いすることはもう望めないように思います。まもなく私は苦しむこともなく安らかになるでしょう。ああ、死ぬ前にあなた方の祝福と許しを受けることができさえすれば、安らかな気持で静かな墓へ行けるでしょう。そして幸せな来世が約束されるでしょう。お願いです、敬愛するお父様、お母様、どうか私を呪わないで下さい。あなた方の道に迷ったシャーロットの思い出に憐れみと許しの涙を一滴でも流して下さい。

シャーロット

第23章　悪党こそにこやかな笑顔の下に本心を隠す

シャーロットがビーチャム夫人の友情で元気づけられ、少しばかり心慰められていた頃、モントラヴィルはフランクリン嬢への愛情を急速に深めていた。ジュリア・フランクリンは気立てのよい娘であった。彼女はモントラヴィルの性格のよい面だけを見た。彼女は自分の自由になる財産を所有していたので、本当に愛する男性と結婚して幸せになろうと決心していたのである。一方、モントラヴィルは、彼女のような女性に釣り合うほど、地位も高くなければ財産もなかった。彼女はモントラヴィルが自分に対する情熱を隠そうと苦しんでいるのを見抜いていた。彼女は彼の内気さを不思議に思った。そしておそらく二人の財産の違いが彼をしり込みさせているのだろうと想像し、良識と淑女にふさわしい謙虚さが許す範囲内で、自分のほうから彼に近づこうと心を決めたのだった。モントラヴィルは彼女が自分に無関心ではないと知って嬉しく思った。しかし胸の内の道義心が彼女の好意につけ込むことを許さなかったのである。彼はシャーロットの身体がどんな状態にあるかを知っており、身重の彼女を見捨てることは二重に残酷だと思った。だから道義心や、人情や、神の教えがシャーロットを守り支えよと命じているのに、フランクリン嬢との結婚を考えることは身震いするほど卑劣な行為に思われたのであった。

彼は苦しい胸のうちをベルクールに打ち明けた。待っていたとばかりに偽りの友人ベルクールは笑いながら言った。「まさか君は本気で、取るに足らない浅はかな小娘が家族を捨て、君とアメリカに駆け落ちしたという理由だけで、あのすばらしいジュリアと結婚して、彼女の財産を支配することをためらっているのではあるまいね？モントラヴィル、もっと分別を持ちたまえ、君の不安の種、泣き虫シャーロットは、君とでなくても誰か他の男と駆け落ちしていただろうよ。」

「本当に」モントラヴィルは言った、「シャーロットに会っていなければ良かったのだ。僕が彼女に心惹かれたのは一時的な欲望に過ぎなかった。僕は生きている限りジュリア・フランクリンを心から愛し、尊敬し続けるだろう。だが現在の状態で哀れなシャーロットを捨てるなら、それは残酷の極みだよ。」

「おやおや、善良で感傷的なモントラヴィル君」ベルクールは言った、「君は自分以外の男にあの小娘を食べさせてやる権利は誰にもないとでも思っているのかね？」

モントラヴィルは虚をつかれてうろたえた。「もちろんだとも」彼は言った、「君はシャーロットが不貞を働いているなどとほのめかすつもりじゃあるまいな。」

「ほのめかしてはいないよ」ベルクールは言った、「僕は不貞の事実を知っているんだ。」

モントラヴィルは真っ青になった、「もしそれが本当なら、女というものを信ずることはできない。」

「君があの娘に執心していると思っていた間は」と、無関心を装ってベルクールは続けた。「彼女の裏切り行為を話して、君を不安にさせたくなかったのだ。しかし、君がフランクリン嬢を愛し、その上、彼女から愛されていると知ったからには話は別だよ。こんな愚かな道義的良心の呵責などで君の幸せが邪魔されてなるものか。つまり、裏切り者の女を不幸にすまいとする君の優しさのために、君が立派な女性と結婚できないなどということが絶対あってはならないと思ったのさ。」

「なんということだ！」モントラヴィルは言った、「美しい女性が汚名を着せられるのを目の前にして、自分がその最初の誘惑者であったと責任を感じている僕は、何という痛烈な言葉に耐えなきゃならないんだ！　しかし、その言葉は確かだろうな、ベルクール？」

「今までのところはね」ベルクールは答えた、「実は僕自身があの娘に言い寄られたんだ。君への配慮からつけ込もうとしなかったけどね。いまいましい、もうあの娘のことは考えるな。今日僕はフランクリン家で食事をしたよ。するとフランクリン嬢が君をお茶に連れて来てほしいと僕に頼んだんだ。さあ早く、この色男め、機会を逃さず、手の届くうちに幸運の女神の贈り物をつかんだらどうだ。」

モントラヴィルはシャーロットの不貞の疑いでひどく動揺していたので、ジュリア・フランクリンが一緒にいてさえ楽しい夕べを過ごすことはできなかった。彼は翌朝早くシャーロットを訪れ、彼女の偽りを責め、そして永遠の別れを告げようと決心した。しかし翌朝になると、彼は軍から任務を命じられ、その計画を実行することができないままに六週間が経った。ついに彼は一時間ほど時間を見つけ、シャーロットと話すために出かけて行った。彼女の住む家に着いた時は午後四時近くだった。彼女は居間にはいなかった、それで寝室にいるものと考え、召使を呼ばずに階段を上がって行った。彼はドアを開けた。すると彼の目に最初に入ったものは、ベッドで眠るシャーロットとそばに並んで寝ているベルクールだった。

「畜生、頭がどうかなりそうだ！」地団駄を踏みながら、モントラヴィルは叫んだ、「こんなことはもう沢山だ。起きろ、悪党め、そして説明しろ。」ベルクールはベッドから飛び起きた。その騒ぎでシャーロットも目覚めた。モントラヴィルの怒り狂っている様子に怯《おび》え、そしてベルクールが自分の寝室にいるのを見て、ベッドのそばに立っているモントラヴィルの腕をつかんで、どうしたのかと彼女は懸命にたずねた。

「裏切り者の、恥知らず女め」ベルクールを指さしながら、彼は言った、「よくもそんなことが聞けるな、奴がどうしてここにいるかだと？」

「知りません！」泣きながら彼女は答えた、「神様に誓って、私は知りません。私はここ三週間ベルクールさんには会っていないのです。」

「それでは、奴は時々おまえに会いに来ていたと白状するのだな？」

「ベルクールさんはあなたに頼まれて時々やって来ました。」

「嘘だ。おれが奴にここに来るよう頼んだことなど一度もない。そしてそのことはおまえもよく知っている。しかし、よく聞け、シャーロット、この瞬間からおまえとの関係は終わったのだ。ベルクールか、あるいはおまえのお気に入りの情夫のものになって養ってもらえ。おまえとはこれでおさらばだ。」

彼が立ち去ろうとしたのを見て、シャーロットは狂ったようにベッドから飛び起き、彼の前に身を投げ出してひざまずいた。そして身の潔白を申し立て、どうか自分を捨てないようにと彼に懇願した。「ああ、モントラヴィル、」彼女は言った、「殺して下さい。お願いですから、私を殺して下さい。でも私の貞節は疑わないで下さい。こんなひどい状態で私を捨てないで下さい。生まれてくるあなたの子供のためにも、ああ、惨めな母親を足蹴《あしげ》にして追い払わないで下さい。」

「シャーロット、」断固とした声で、彼は言った、「まもなくやって来る難儀な時に、おまえとおまえの子供には何も不自由させないように取り計らってやる。しかし、おまえとはもう会うことはない。」それから彼は彼女を床から立たせようとしたが無駄であった。彼女は彼の膝にすがり付き、自分が潔白であることを信ずるよう必死で懇願した。そしてベルクールには一体どうしてこんなことになったのか説明するようにと祈るように頼んだ。

ベルクールはモントラヴィルを見ながらせせら笑った。それを見てモントラヴィルは気も狂わんばかりになり、悲嘆に暮れる少女のか弱い腕を突き放したのである。

シャーロットは悲鳴を上げて床に倒れ伏した。

モントラヴィルは直ちにその家を出て、町へと急いで帰って行った。

第24章　明かされる謎

シャーロットにとって運悪く、この不幸な出来事のおよそ三週間前に、ビーチャム大佐がロード・アイランドへの赴任命令を受け、夫人も彼に同行していたのだった。それでシャーロットには親切に助言を与えてくれる人も、慰めてくれる友人もいなかった。実は、モントラヴィルが訪れたあの日の午後、彼女は体がだるく疲れていた。それでほんのわずかな夕食を作った後、ひどく疲れた気分を回復しようと横になっていたが、いつの間にか眠り込んでしまったのである。ベルクールがやって来たのは彼女がベッドに横になってまもなくだった。彼は機会があれば彼女を訪問し、モントラヴィルに対する恨みをかき立てようと狙《ねら》っていたのであった。召使に奥様はどこかとたずねると、寝室で休んでいると言われたので、彼は本を読んで待つことにした。座って数分程して、たまたま道路の方へ目をやると、モントラヴィルがやって来るのが見えた。彼は即座にシャーロットの不幸を決定的なものにする悪魔のような計画を思いついたのである。彼は足音を忍ばせて二階に行き、シャーロットが目覚めないように、細心の注意を払ってベッドに眠る彼女のそばに横たわり、その状態で人のよいモントラヴィルが来るのを待ち、彼をだましたのだった。

モントラヴィルが泣きぬれるシャーロットを突き放し、彼女を恐怖と絶望で気も狂わんばかりにして去って行った後、ベルクールは床から彼女を助け起こし、階下に連れて行き、優しく慰める友人の役を引き受けた。彼女は一見落ちついた様子で彼の言葉に耳を傾けていたが、これは一時的な落ち着きに過ぎなかった。モントラヴィルの先程の残酷さが急に思い出されてきた。彼女は少し乱暴にベルクールを押し退け、そして泣きながら言った――「構わないで下さい。お願いですから、もう私に構わないで。私の貞操が疑われた原因はあなただったのですよ。帰って下さい。そっとしておいて下さい。私が軽率だったのです。あなたに慰められるといっそう惨めになるばかりです。」

彼女はそう言って大急ぎで彼から離れ、自身の部屋に引きこもると、ベッドに身を投げ出し、言いようのない深い悲しみに身を任せたのであった。

シャーロットが去って一人になると、ベルクールはふと彼女がモントラヴィルに手紙を書いて、身の潔白を強く訴えるかもしれないと思った。彼はシャーロットがどんなに上手に哀れを誘う文章を書くかよく知っていた。さらに、モントラヴィルの心の優しさもよく分かっていた。そこで、シャーロットからの手紙は一通たりともモントラヴィルの手に渡すまいと心に決めたのである。彼は召使の少女を呼び、買収という強力な手段によって説き伏せ、女主人がどんな手紙を書いても必ず自分の所へ送るようにと約束させたのだった。それから丁寧な、優しい手紙をシャーロットに書き残して、ニューヨークの町へ戻って行った。町へ帰るとすぐに彼はモントラヴィルを探した。先程の不幸な出来事は究極的にはモントラヴィルの幸福につながるのだと彼を納得させようと思ったからである。モントラヴィルは部屋にいた。独りきりで、物思いに沈み、不愉快な思いに浸っていた。

「おや、なんだ、嘆きの色男かね？」肩を叩きながら、ベルクールは呼びかけた。モントラヴィルはぎょっとして顔を上げた。一瞬、憤りで頬がさっと赤くなったが、すぐに死人のように青ざめた。それは悲痛な記憶によって引き起こされたものだった――お節介な忠告者によって目覚めさせられた記憶であった。その忠告者ベルクールは黙ることはなかった。

「ベルクール」モントラヴィルは言った、「君は僕の一番痛い所を傷つけてしまったよ。」

「お願いだ、ジャック・モントラヴィル」ベルクールは答えた、「そんなに深刻に考えないでくれよ。あの娘が言い寄るのを僕は拒絶できなかったんだ。それに幸い、あの娘は君の妻ではない。」

「その通りだ」モントラヴィルは言った、「しかし、僕が初めてシャーロットを知った時、彼女は純真無垢な少女だった。彼女を誘惑したのは僕なんだ、ベルクール。僕さえいなければ、彼女は今でも家族に愛され、守られて幸福だっただろうに。」

「ちぇっ、馬鹿馬鹿しい」笑いながら、ベルクールは答えた、「もし君が彼女のだらしない性格につけ込まなかったとしても、誰か他の者がそうしただろうよ。所詮はこうなる運命だったのさ。」

「あの女にさえ会っていなかったら！」モントラヴィルは激しく叫んだ、そして椅子から飛び上がった。「ああ、あの忌まわしいフランス女め！」猛烈な勢いで付け加えた、「あの女がいなかったなら、僕は今頃幸せだったかもしれないのに――」

「ジュリア・フランクリンと一緒にね」口ごもったモントラヴィルにベルクールは付け加えた。電気白熱ヒーターの突然の火花のように、ジュリアという名前を聞いてモントラヴィルの心身の機能は一瞬止まったかのようであった。瞬間彼は釘付けになった。しかし、我に返って、ベルクールの手をつかみ、そして大声で言った、「黙れ！　黙れ！　お願いだ、麗しいジュリアと卑劣なモントラヴィルの名前を同じ息で言わないでくれ。僕は誘惑者なのだ、疑いを知らぬ純潔な娘を誘惑した卑劣な誘惑者なのだ。シャーロットのような清純な乙女が自らをおとしめて、うす汚れた不貞を働くとは、僕にはどうしても思えない。しかも神に誓って言うが、ベルクール、僕はジュリアに会うまでは、あの堕落した破廉恥なシャーロットを愛していると思っていたんだ。僕は決してあの娘を見捨てることはできないと思っていた。しかし心は当てにならない。今になって、僕は若い情欲の衝動と私心のない純粋な愛の炎との区別がはっきりと分かるようになったのだ。」

折しも、ジュリア・フランクリンが叔父の腕にすがりながら、窓の向こうを通り過ぎた。通り過ぎながら彼女は二人に会釈をした。そして、慎み深く、明るく、魅惑的に微笑んで、大きな声で言った――「こんなすてきな夕べに、家の中に隠れていらっしゃいますの、紳士の皆様？」その声！　その物腰！　その顔！　そのすべてには全く抵抗し難い何かがあった。「多分、ジュリアは僕に同伴してほしいのだ」モントラヴィルは急いで帽子を取りながら、心の中で言った。「もし彼女が僕を愛してくれているなら、僕は自分の過ちを告白しよう。そして僕を憐れみ、許すかどうかは彼女の寛大な心に任せよう。」彼は間もなく彼女に追いついた、そして腕を差し出して、人のめったに行かないすてきな散歩道を二人はゆっくり歩いた。一方、ベルクールはフランクリン氏を片側に引き寄せ、政治問題について議論をふっかけ始めた。彼らは若い二人よりも速く歩いた。どんな手段を使ったのか、ベルクールはフランクリン氏と話しながら、若い二人と完全にはぐれるようにしむけたのである。初秋の心地よい夕べだった。夕日の残照が西の空を縞模様に飾っていた。一方、華やかな金と紫の織りなす空には月が青白くつつましい光を放っていた。銀色の柔らかい雲が時折月面を半ば隠してはその美しさを際立たせた。そよ風が木々の間を縫って優しくささやいた。その木々も今や生い茂る葉を落とし始めていた。辺りを厳かな静寂が支配した。このような夕べは幸せな人の心には、静謐《せいひつ》と、穏やかな喜びを与えるであろう。しかしモントラヴィルにとっては、それは激情の嵐を鎮める一方で、憂鬱な思いを募らせるばかりである。ジュリアは彼の腕にもたれていた。彼はその手を取り、優しく握りしめながら、深いため息をついた。が、黙ったままだった。ジュリアは当惑した。彼女は理由の分からない彼の沈黙を破りたかったが、できなかった。彼女はモントラヴィルに恋していた。彼女は彼を不幸にしている心配事の原因を知りたいと願った。だが、もって生まれた慎ましさのために思い切ってたずねることができないでいた。「楽しくお相手ができなくて申し訳ありません、フランクリンさん」やっと冷静になりながら、彼は言った、「今日、僕にはがっかりするような出来事があってどうしても気持が晴れないのです。」

「お気の毒に、」彼女は答えた、「何であれ、心を乱す原因を持っていらっしゃるなんて。きっとあなたがご自分にふさわしく、そしてあなたの友人たち皆が願っているようにお幸せであれば――」彼女は口ごもった。「すると、僕は」少し生き生きしてモントラヴィルは言った、「その友人たちの中にすてきなジュリアさんが入っていると考えてもいいでしょうか?」

「もちろんですわ」彼女は言った、「あなたが私にして下さったこと、さらにあなたの立派さを知るにつれ、尊敬は深まるばかりです。」

「尊敬とおっしゃいますか、麗しのジュリア」彼は情熱的に言った、「そんな言葉は中身のない冷たい言葉に過ぎません。僕はむしろ、もしあえて、もしあなたの注目に値すると考えるなら——いや、そんなことは考えてはいけない——とんでもない！僕はあなたの注目に値しない男です。ジュリア、僕は卑劣漢なのです。」

「ああ！」ジュリアは言った、「お気の毒に！」

「おお、優しい美しい方、」彼は言った、「あなたの優しい言葉が僕の悲しい心をどんなに元気づけてくれることか。実際、もし全てを知ったら、あなたは僕を気の毒に思うと同時に、軽蔑するでしょう。」

ちょうどその時、彼らはフランクリン氏とベルクールたちに再び合流した。会話は核心に触れたところで中断したのである。彼らは別の話題で雑談する気にはなれず、黙って家へと進んで行った。フランクリン氏の家の玄関でモントラヴィルは再びジュリアの手を握り、「お休みなさい」と、弱々しく言った。明らかにジュリアが自分に抱いている愛に自分が値しないという意識から、彼は力なく惨めな気分で宿舎へと戻って行ったのである。

第25章　手紙の到着

「かわいそうなシャーロットは今どこにいるのか？」ヒースの原野を荒々しく木枯らしが吹き抜け、遠くの木々の紅葉が間近な冬の到来を告げるある晩、テンプル氏はふとつぶやいた。炉辺で暖かな火が勢いよく燃え上がっても虚しかった。快適な生活の中にいても虚しかった。テンプル氏の心の中にはしっかりと親心が脈打っていた。最愛の我が娘は今頃慰めてくれる友もなく、思いやりに満ちた優しい顔で励ましてくれる人もなく、また傷ついた心を香油で癒《いや》し、天使の声でいたわってくれる身内もなく、遠い国できっと窮乏のただ中にいるのであろう。そう思うと彼の身も心も我が子いとおしさで溶けてしまいそうになるのだった。そして愚痴一つこぼさず、じっと耐えている妻ルーシーの目から溢れる苦悩の涙を拭いてやりながら、自身の目からもこみあげる涙を抑えるのに苦労するのであった。

「ああ、かわいそうな娘」テンプル夫人は言った、「何とあの娘は変わってしまったのかしら？　そうでなければ生きているという一通の手紙ぐらいはよこして、私達の苦しみを少しでも楽にしてくれたでしょうに。そして我が子を偶像のように溺愛している両親を忘れていないと知らせてくれたでしょうに。」

「まったく、」一瞬、身震いして椅子から立ち上がりながら、テンプル氏は言った、「誰が父親になりたいと願うだろうか、恩知らずの親不孝娘によってこんなにも情けない、辛《つら》い思いをするくらいなら？」テンプル夫人は泣いた。その手を父エルドリッジ老人は取り、「娘よ、落ちつきなさい」と、言いたかった。しかし、その言葉は口の中で消えてしまった。続く悲しい沈黙はドアを叩く大きな音によって破られたのであった。すぐに召使が一通の手紙を持って入って来た。

テンプル夫人がその手紙を受け取った。上書きに目をやると同時に、筆跡が誰のものか分かった。「シャーロットだわ！」もどかし気に封を切りながら、彼女は言った、「あの娘は私たちを忘れていなかったのです！」しかし、その内容を半分も読み終えぬうちに、彼女は突然気分が悪くなった。寒気と目まいに襲われて、手紙を夫に渡し、泣きながら言った――「この手紙を読んで下さい。私にはこれ以上読めません。」テンプル氏は声に出してそれを読もうとした、しかし、その声はしばしば涙で詰まり途切れるのだった。「かわいそうに、娘はだまされたのだ。」読み終えた時、彼は嘆息した。

「ああ、私たちが後悔に暮れる愛しい娘を許さないはずがありません。」テンプル夫人は言った。「許します、許しますとも、あなた。帰りたがっている娘を迎え入れるのが私たち親の務めですわ。」

「慈悲深い天なる父よ！」握りしめた両手を上にあげながら、エルドリッジ老人は言った、「あのさまよえる孫娘が悩める親のもとに帰るのをこの目で一目見るために、この年寄りを生かしておいて下さい。そして、あなたが最善と思われる時に、何時でもこの身を悲しみの世界から神のみもとにお連れ下さい。」

「そうだとも、あの娘を受け入れるとも」テンプル氏は言った、「私たちは娘の傷ついた心を癒《いや》してやろう、そして苦悩に乱れた魂に平安と慰めを語ってやろう。直ちに家に帰ってくるようシャーロットに手紙を書こう。」

「ああ！」テンプル夫人は言った、「できることなら、シャーロットの所へ飛んで行き、間近に迫る出産の難儀な時に、娘を支え励ましてやりたいものですわ。そして、悔い改めることがどんなに立派なことか娘に話してやりたいのです。ねえ、あなた、二人でシャーロットを迎えにアメリカに行きましょう！」夫の腕に手を置きながら、続けて言った。「父も最愛の孫娘を家に連れ帰るためならば、しばらくの留守を許してくれますわ。」

「おまえはアメリカに行くのは無理だよ、ルーシー」テンプル氏は言った、「おまえのか弱い体ではとても長い航海の苦難に耐えることはできないよ。だから、私が一人で行って、悲嘆に暮れるシャーロットをおまえの腕の中に再び連れ戻すことにしよう。私たちはまだこれから何年も幸せな日々を送ることがきっとできるよ。」

テンプル夫人の胸の中で母性愛と夫婦愛が激しく燃え上がった。ついに彼女は最初の船便で夫が一人でニューヨークへ出発することに同意したのである。彼女は母の愛情を込めて、シャーロットにいたわりの手紙を書いた。そして、蘇った希望に生き生きと燃えながら、再び娘を抱きしめる幸せな時を楽しみに待つのであった。

第26章　予期されること

一方、モントラヴィルのジュリア・フランクリンに対する情熱は日毎に大きくなっていった。彼はその気立てのよい娘にどれほど深く自分が愛されているかをはっきりと感じ取っていた。同時に、シャーロットが不貞を働いたという疑いにも同じくらい強くとらわれていた。不貞を働いたのであれば、彼がその胸に広がる喜ばしい感動に身を任せたとしても当然ではないか。そこでモントラヴィルは彼の幸福を阻止するどんな障害もないと判断し、ジュリアに求婚し、承諾を得たのである。結婚式の数日前、彼はベルクールに次のように語った。

「シャーロットは破廉恥な行いによって、僕の保護を受けられなくなってしまった。しかし、それでも僕には現在の惨めな状態から救い出されるまで彼女を支え、その子供の養育費を与える義務があると思うんだ。僕は二度と彼女には会わない。だが、彼女のためにある程度のお金を託すつもりだ。そのお金で生活に必要なものを賄《まかな》えるだろう。もし彼女がもっとお金を要求すれば、要求どおりに与えてやってほしい。その分は僕が返済するから。あの哀れな、だまされた少女を説得して家族のもとに帰らせることができればよいのだが。あの娘は一人っ子だった、だから、きっと家族は喜んで彼女を迎えるだろう。これから彼女が次第に身を落としてゆくのを見るのはしのびない。というのも、僕があの娘を過ちに導いた最初の原因だという自責の念があるからだ。あの娘が君の保護の下に留まることを選ぶなら、親切にしてやってくれ、ベルクール、お願いだ。あの娘に飽きたといって捨てたりしないでくれ。困窮のためにやむを得ず身を落とすことのないようにしてやってほしい。僕が生きているかぎり、誰かがシャーロットを助けてやってほしいんだ。しかし僕はもう二度とシャーロットと顔を合わせたくない。彼女の存在は僕にとって常に苦痛なものなのだ。彼女にちらっとでも見つめられると僕の顔は罪の意識で赤くならずにはおれない。

僕はシャーロットに手紙を書くつもりだ。僕がニューヨークを出発したらそれを渡してほしい。結婚式の翌日、僕とジュリアは一緒に西インド諸島東部のセント・ユースタシアへ向かうことになっているんだ。」

ベルクールはモントラヴィルの頼みを聞き、その願いを果たすことを約束した。しかし、手紙を渡したり、モントラヴィルがシャーロットのためにあれこれ配慮したことを知らせる気は毛頭なかった。彼はその不幸な少女を破滅させようと夢中になっていた。シャーロットを完全に自分に依存させることによって、徐々に口説き落とし、彼の卑劣な情欲の餌食《えじき》にしようと思っていたのである。

モントラヴィルとジュリアの結婚式の前夜、モントラヴィルは早くに自分の部屋に退いていた。そしてこれまでの人生に思いを巡らしながら、シャーロットを誘惑したことに痛切な自責の念を感じていた。「哀れな娘」彼はつぶやいた、「せめてあの娘に手紙を書いて別れを告げよう。また、僕への不幸な愛が消え去った胸の中に、あの美徳を愛する心を再び目覚めさせたいものだ。」彼はペンを取り、書き始めた。だが、彼には言葉が出なかった。自分が誘惑し、そして、もはや自分の愛情に値しないと思ってはいるが、今まさに永遠の別れを告げようとしているその女性に、何と言えばよいのだろう？　他の女性と永遠の契りを結ぶために、公然と彼女を捨てようとしていることを、そして彼女が産む幼子を自分の子供として認知さえできないということを、彼はどのように彼女に告げるべきであろうか？　書いては破りしながら、ついに彼は次のような手紙を書き上げた。

シャーロットへ

僕は哀れな傷ついたあなたに話しかけようとペンを取りました、しかし、僕には手紙を書く資格がないと感じています。それでも、一通の手紙もなしに、あなたに永遠の別れを告げることはできませんでした。どんなに辛くても、あなたに決別の手紙を、僕の心が昔のあなたを思い出してどんなに痛んでいるかを告げる手紙を書かずにはおれませんでした。もうあなたに嫌われてしまった僕ですが、今も、あの時の光景がまざまざと目に浮かびます。僕への愛と家族への愛によって引き裂かれた苦しみで僕の腕の中で気を失ったあなたを抱きかかえ、馬車に運び込んだ時の光景が。意識が回復して、ポーツマスへの道中にあると分かった時のあなたの苦悩がありありと思い出されます。しかし、一体どうして、美徳を備えた優しいあなたが、どうして、僕を愛していると思わせながら、一方でベルクールの誘惑に屈することができたのですか？

ああ、シャーロット、罪深い快楽の歓びをあなたに初めて教えたのは、この悪い僕だと分かっています。純潔と美徳に満たされた静かな安らぎの場所からあなたを引きずり出したのはこの僕だったと。しかしその恐ろしい行為に駆り立てたのは愛ではなかったと、あえてあなたに言わなければなりません。違っていたのです、堕ちた天使よ。それは愛ではなかった。真に愛している男はその愛の対象を決して裏切らないものです。これが裏切り者モントラヴィルの本心です。さようなら、シャーロット。あなたが罪のない純潔な生活にまだ心ひかれ、両親の所へ帰るなら、あなたと子供の生活費に決して不自由はさせません。おお、神よ！　その子が父の悪徳と母の弱さを持って生まれてきませんように！

明日――いや、明日何が起こるか僕には言えない。ベルクールがあなたに知らせるでしょう。あなたのためのお金を彼に言付けました、今後もお金が必要な時には何時でも言って下さい。もう一度さようなら。もしあなたが家族のもとに戻り、僕が奪ったあの静かな暮らしを楽しんでいると聞くことができれば、どんなに嬉しいことでしょう！　僕を優しく愛してくれた時のあなたでさえ、これ以上に僕を幸せにすることはできないでしょう。その時までは憂鬱が僕の友なのです。

モントラヴィル

この手紙に封をした後、彼はベッドに体を投げ出し、数時間の休息を取った。翌朝早くベルクールが部屋のドアを叩いた。彼は急いで起きて、結婚式の祭壇でジュリアに会う準備をした。

「これはシャーロットへの手紙だ」ベルクールに渡しながら、彼は言った、「僕たちがユースタシアへ出発した後で彼女に届けてくれ。そして、ぜひとも頼みたいことがある。シャーロットがまともな生活に戻るのをじゃましたり、親切ごかしにだましたりしないでくれ。もしもあの娘がもとの暮らしに戻ろうという気になれば、励ましてやり、それがかなうよう助けてやってくれ、お願いだ。」

第27章

悲しみに沈む乙女は　露に濡れそぼる
百合のごと　力なくうなだれた

シャーロットはここ三ヵ月悲しみだけを相手に鬱々とした日々を送っていた。ベルクール以外には誰も彼女の孤独を破るものはいなかった。ベルクールは一、二度訪れて彼女の体具合をたずね、そして、モントラヴィルの誤解を解こうと努力したが無駄だったと伝えた。ほんの一度だけ、彼女の心はビーチャム夫人の愛情のこもった手紙を受け取って元気づけられたのであった。彼女は不実な誘惑者モントラヴィルに何度も手紙を書いた。非常に説得力のある文面で切々と身の潔白を訴え、彼の誤解を解こうとしたのである。しかし、これらの手紙はモントラヴィルの手に渡ることはなかった。もし届いていれば、たとえ結婚式前夜であったとしても、彼はその惨めな少女を見捨てることはできなかったにちがいない。激しい苦悩にやつれ、シャーロットの容色はたいそう衰えてしまっていた。眠れないため頬は青ざめ、泣き過ぎたため目は落ち窪《くぼ》み、生気がなかった。両親のことを考えた時、時折かすかな希望の光がきらめくのだった——「父も母も、きっと、私を許してくれるわ。たとえ許してくれなくとも、母の過ちのために生まれてくる罪のない私の幼子を憎んだりはしないでしょう。」悲しみの中でシャーロットは優しいビーチャム夫人に慰め元気づけてほしいと何度願ったことであろう。

「夫人がここにいてくれたら」彼女は泣いた、「きっと私を慰め、千々に乱れる私の心を落ち着かせてくれるでしょうに。」

ある日の午後、このような憂鬱な思いにふけって、シャーロットが座っていると、ベルクールが入って来た。絶え間ない悲しみが彼女の姿に刻んだ変化は大きなものだったが、それでもなお彼女は男心をそそり、あいかわらず魅力的だった。そして、シャーロットとモントラヴィルの間に不和の種を植えつけようとベルクールを駆りたてたあの淫らな情炎も、依然としてベルクールの胸の中で燃え盛っていた。彼は、できれば、シャーロットを愛人にしようと決意していた。それどころか、その卑劣な勝利を楽しもうと、彼女をニューヨークの町へ連れて行き、モントラヴィルに出会いそうなすべての公の場所に連れ出そうという悪魔のような計画さえ抱いていたのである。

シャーロットのいる部屋に入った時、彼は優しく、いたわるような顔付きをしてみせた。「シャーロットさん、ご機嫌いかがですか？」彼女の手を取りながら、彼は言った。「あまり具合が良くないようですね。」

「良くありません、ベルクールさん」彼女は言った、「ひどく悪いのです。でも、体の痛みや病気なら耐えられますが、耐えがたい心の苦悩が追い打ちをかけているのです。」

「あなたは不幸なのですね、シャーロットさん」悲しげな表情を装って、彼は言った。

「ああ！」首を振りながら、悲しそうに彼女は答えた、「一体どうして私が幸せになれますの？　このように見捨てられ、見放され、悩みを聞いてくれる女友達もいないのです。それどころか、私が人生で大切なもの全てを犠牲にした人――、私自身を人から蔑《さげす》まれる存在に、社会の追放者に、ただ軽蔑と憐れみの対象にしてしまった人――、まさにその人によって私の貞節が疑われているのです。」

「自分をそんなに卑下するものではありません、テンプルさん。あなたを侮辱するような人はいませんよ。光栄にもあなたとお近づきになれた人は皆あなたを褒め大切に思うに決まっています。しかし、一人でここにいらしては淋しいでしょう。僕にあなたをニューヨークのにぎやかな町へ案内させて下さい。そこで、女性たちの楽しい社交界にあなたを紹介したいのです。そこでの交わりがここでの悲しい思いを払い退けてくれるでしょう。そうすれば快活さが戻ってきて、その愛らしい顔が再び生き生きと輝くにちがいありません。」

「まあ、とんでもありません！」力を込めて、シャーロットは叫んだ、「立派な女性たちに嘲笑されるでしょう。だからといって、私は決して破廉恥な女たちの仲間には入れないのです。いいえ、ベルクール、ここに私の恥と悲しみを葬らせて下さい。ここで誰にも知られず、誰にも憐れまれず、私の残り少ない日々をひっそりと過ごさせて下さい。ここで誰にも哀悼されずに死に、この世に私がいたことさえ、誰にも気付かれずに忘れ去られたいのです。」涙のために彼女は言葉を続けられなかった。ベルクールは畏怖の念に打たれて沈黙した。彼はあえて彼女の言葉をさえぎることができなかった。そして一瞬の沈黙の後、彼女は続けた――「私はかつて、冷酷ではあったけれど、愛しい、卑怯《ひきょう》なモントラヴィルを探しに、ニューヨークの町へ行こうと思ったことがありました。その足もとに身を投げだし、憐れみを乞うために。誓って、自分のためではないのです。もし私がもはや愛されていないのでしたら、自分の傷を癒《いや》すために彼の憐れみを乞うことなど決して致しません。でも、ふびんな生まれてくる子供のために、私たちを見捨てないように土下座してでも彼に懇願しようと思ったのです――」彼女はもはやそれ以上話すことはできなかった。彼女の頬はさっと真っ赤になった。そして手で顔を覆い、声をあげて泣き伏した。

この悲痛な言葉によって、人間らしい何かがベルクールの胸の中に目覚めた。彼は立ち上がり窓の方へ歩いて行った。しかし、彼の心を占めていた利己的な情欲が、またもやこの人間らしい感情を抑えつけてしまったのである。そして、もしシャーロットがもはやモントラヴィルに頼ることはできないとはっきり思い知るなら、彼女はもっと簡単に自分の保護の下に身を任せるだろうと考えた。そこで、真相を彼女に知らせようと決意して、彼は再び椅子に座った。彼女が落ち着き始めたのを見て、例の寝室でのあの不幸な出会いの一件以来、モントラヴィルから何か便りがあったかどうかたずねた。

「いえ、ありません」彼女は言った、「もう二度と彼から便りはないような気がします。」

「まったく同感です」ベルクールは言った、「というのも、彼はしばらく前からある人にひどく心奪われて──」

「心奪われて」という言葉にシャーロットは死人のように青ざめ、傍に置いてあった気付け薬を取り少しかいだ。それでベルクールは話を続けることにした。

「モントラヴィルは少し前からフランクリン嬢という女性にひどく心を奪われているのです。彼女は感じのよい快活なお嬢さんで、莫大な財産を持っているのです。」

「その方は私よりお金持かもしれません、お美しいかもしれません」シャーロットは思わず言った、「でも、私ほど彼を愛することはできませんわ。ああ、その方が彼の手管に気付きますように、そして私ほど深く彼を信頼しませんように。」

「モントラヴィルは公然と彼女に求婚しているのです」彼は言った、「そして彼の所属部隊の赴任先ユースタシアに向けて出航する前に、結婚するという噂でした。」

「ベルクール」彼の手をつかみ、真剣な眼差しでシャーロットは言った。話しながらも、彼女の色を失った唇は苦悩で引きつり震えていた。「言って下さい、隠さずに言って下さい、お願いです。モントラヴィルは、見知らぬ地でお金もなく惨めな私を見殺しにして、他の女性と結婚するなんて、そんな人でなしなのでしょうか？　あなたの考えを聞かせて下さい。何を言われようと、私は大丈夫です。運命のもっともひどい仕打ちに怯《ひる》んだりはしません。自業自得ですから、当然の報いとして耐えるつもりです。」

「思うに」ベルクールは言った、「あの男はその人でなしかもしれません。」

「多分」待ちきれず彼の言葉をさえぎりながら、シャーロットは大きな声で言った、「多分、あの人はすでに結婚しているのでしょう。さあ、最悪のことを私に知らせて下さい」冷静なふりをして、彼女は続けた、「心配なさらなくて結構です。私はその幸運な女性に毒を送ったりはしませんから。」

「それでは、シャーロット、」彼女の外見に欺かれて、彼は打ち明けた、「二人は木曜日に結婚したのです、そして昨日の朝ユースタシアに向けて出航しました。」

「結婚した――出航してしまった――と、おっしゃるのですか？」取り乱した口調で彼女は叫んだ、「何と、最後の別れの言葉もなしに、不幸な私に振り向きもしないで！　ああ、モントラヴィル、神があなたの卑劣な行為をお許し下さいますように！」

彼女は甲高い叫び声を上げた。ベルクールは急いで前に飛び出して、かろうじて彼女が床に倒れるのを支えたのであった。
悲鳴をあげては失神するという繰り返しが恐ろしいほど続いた後、彼女はベッドに運ばれた。そのベッドからもう二度と起き上がることがありませんようにと彼女は熱に浮かされたように祈った。ベルクールはその夜彼女の傍に付き添った。翌朝には彼女は高熱にうなされていた。彼女を襲った発作に彼はひどく驚き怯《おび》えた。こうして病の床に伏すようになった今、彼女はもう彼の欲望の対象ではなかった。数日間は続けて彼女を見舞いに行ったが、彼女の青ざめ、憔悴《しょうすい》した姿に彼は嫌悪感を催したのである。彼の足はしだいに遠のいていった。彼はモントラヴィルから託された重大な責任を忘れた。彼に預けられた彼女のためのお金のことさえ忘れてしまった。

このように書きながらも私の頬は憤りとあまりの口惜《くや》しさに燃えるように赤くなるのです。この人でなしの卑劣漢はついに傷心のシャーロットさえ忘れてしまったのです。この男はしばしば田舎に遠出して見かけていた百姓娘の元気溌剌《はつらつ》とした姿に魅惑され、不幸な娘が病気と悲しみと貧困の餌食となって墓場へと人知れず消えて行くのを、気にもしませんでした。放蕩者ベルクールは田舎家の純朴な娘の貞操を奪って、情欲と快楽に溺れ飲み騒いでいたのでした。

第28章　放埒《ほうらつ》の跡を辿って

「おやおや、」若い移り気な読者は大きな声で言うでしょう、「この本にはもう我慢ならない。あまりにも多くの、ああ!だとか、おお!だとか、あまりにも多くの失神、涙、そして悲嘆、そんな話題にはもううんざりだ!」あなた方、快活で、無知な少女たちよ、あなた方は無知だからそのように言えるのです。世の中が分かっていれば、あなた方はシャーロットの苦悩を他人事《ひとごと》とは思えないでしょう。神が破滅から救いあげるために介入されなかったならば、私も同じ運命に陥っていたかもしれません。それゆえ、快活で無知な少女たちよ、私はあなた方に忍耐を求めねばなりません。私は本当にあった話を書いているのです。ですから読む人の心に触れるまでそれを書くつもりです。とは言え、もし贅沢三昧《ぜいたくざんまい》の生活や放蕩に明け暮れる毎日によって、読者の心が鈍感になっているとすれば、この物語が感動を与えるとは思いません。それどころか、嫌悪をもってこの本を投げ捨てて頂く方がましだと思うのです。しかし、落ち着いてください、優しい女性よ。どうかこの物語のすべてを読み終えるまでこの本を投げ捨てないで下さい。おそらくその労に報いる何かをあなたは見い出すことでしょう。私にはあなたの顔に皮肉な微笑が浮かぶのが見えるようです。――「そして何を」と、あなたは声を張り上げ質問します、「この本から学ぶことができると思い上がった作者は考えているのか、もしシャーロットが罪深い過ちに私たちが陥るのを防ぐための反面教師として示されているのだとすれば？　ラ・ルーは恥知らずの行為で勝利し、そして罪に技巧を加えることによって、立派な男の愛情を獲得し、さらには世間の人々から尊敬の目で見られ、あらゆる席で喜んで迎えられる地位に出世しているではないか？　ここであなたが熱心に説き聞かせようとするモラルとは一体何なのか？　技巧と偽善に覆い隠されるならば、美徳から逸脱することは、悪いことではなく、それどころか、名声と名誉ある地位に昇らせるとでも思わせたいのか？　一方で、あまりにも優しい心を持っていた不幸な少女は、その優しさゆえに不名誉と恥辱を負わされるのか？」いいえ、美しき質問者よ、私はそのようなことを言っているのではありません。邪悪な者の営みはしばしば成功しているように見えますが、結局は彼らの没落はそれだけ苦渋に満ちたものに終わるであろうということを忘れないで下さい。一方で、賢明で有益な目的のために満たされた苦悩の杯の苦い澱《おり》までも飲まされる人々は、しばしばその杯の底に慰めを見出すのです。後悔の涙は運命の書からその人々の罪を消し去ります。受難者は耐えがたく、辛い試練から立ち上がり、清められて、永遠の王国の館に住むのにふさわしくなるのです。

そうです、若き友よ、シャーロットの運命に同情の涙を流して下さい。その一方で、ラ・ルーの名前を憎み軽蔑して下さい。シャーロットに対して、私たちの魂は同情せずにはおれないのです。ラ・ルーに対しては、魂は嫌悪と軽蔑以外なにも感じないのです。しかし、おそらくあなたの陽気な心は、シャーロットの愚痴と惨めさを聞くよりも、むしろ忙しく歓楽と放埒の生活を送る場面を通して、ラ・ルー今は幸運なクレイトン夫人の跡を辿りたいと思っていることでしょう。私は一度だけその願いを聞き入れましょう。一度だけ真夜中のお祭騒ぎ、舞踏会、そして陽気な場面へとクレイトン夫人の跡を辿ることにしましょう。というのもそのような事柄に彼女は忙しく明け暮れていたからなのです。

私は以前にクレイトン夫人の姿は美しかったと言いました。さらに彼女は華美と贅沢に囲まれていると付け加えましょう。そして――そのような女性の行為がどんなに間違っていようとも――彼女が男たちに付き従われ、女性たちですら同席を願うのを見て驚く人は、社交界について何も知らないのです。要するにクレイトン夫人はどこに行っても人気者だったのです。彼女が流行を作り、彼女は全ての紳士によって賛美され、そして全ての淑女によって模倣されました。

クレイトン大佐は家庭的な男でした。そのような女性とどうして幸せになれたでしょうか？　不可能です！　諫《いさ》めても無駄でした。夫人が熱中している行為がどんなに滑稽であろうと、止《や》めるように説得するくらいなら、風に説教したほうがましでした。一言で言うと、少しばかり虚しい努力をした後、大佐は彼女を諫めるのを諦め、彼女の気の向くままにさせることにしました。それらがどのようなものであるか、読者は彼女の性格を十分に見てこられたので、きっとお分かりになることと思います。彼女の神殿に礼拝する数多くの男たちの中から、彼女は一人を選びました。その男は卑しい生まれの、あまり教育を受けていない、頭の悪い若いイギリス人少尉でした。どのようにしてそのような男が陸軍に入ったのか、また名誉ある地位にまで出世したのかは不思議としか言いようがありません。しかし運命の女神は盲目であり、その使者たちもまたそうなのです。だからこそ私たちは愚か者や悪漢が幸運の絶頂にいるのを見ることがあるのです。反対に忍耐強い立派な人々は奈落の底に沈んでいるのです。私たちはこの問題に関してあらゆる憶測ができますが、正しい結論に達することはできません。それゆえ幸運の女神の微笑に値するよう努力しましょう。そして、成功しようと失敗しようと、私たちは不当に幸運の女神の好意に浴する数多くの人々よりも、内なる満足をもっと深く感じることにしましょう。さて、クレイトン夫人はコリドンという若者が目下のお気に入りでした。彼は彼女に付き添って劇場に行き、あらゆる舞踏会で彼女と踊り、気分が悪く床に就いている時には、ふさぎ込んだ彼女の孤独を慰めるのをただ一人許されていました。そのような日々の中で彼女は哀れなシャーロットについて考えたことがあったのでしょうか？　――もしあったとしても、それは田舎でただふさぎ込んで、何の行動も起こさない哀れな少女の勇気の欠如を嘲笑うためだけだったのです。他方、モントラヴィルは華やかで、放埒な都会がもたらすあらゆる歓楽を楽しんでいました。クレイトン夫人がモントラヴィルの結婚の噂を聞いた時、彼女はにっこりしながら言いました。それではシャーロットが奥様になる希望はおしまいね。次は誰がシャーロットをものにするのかしら。あの淑女気取りの小娘はこれからどうなるのかしら？

主題に立ち返ったところで、無情なクレイトン夫人はここにひとまず置き、私たちは悲嘆に暮れるシャーロットに戻りましょう。そして、私たちの心を人間愛の呼び声に向かって開こうではありませんか。

第29章　再び前へ

シャーロットの体は芯の強さで心身の異常な乱れと戦っていた。そして激しい精神の落ち込みの下で苦しみながらも、ゆっくりと回復し始めていた。しかし、体調が少し落ちついて、わずかな貯えを調べてみると、一枚のギニー金貨しか残っていなかった。薬剤師を兼ねた看護婦の付き添い費用など、病気の間に多くの必要経費がかかり、借金で身動きが取れなくなっていた。さらにその借金から脱出する方法がないと分かった時、シャーロットは何と落胆したことか。親から便りがあって救われるかもしれないというかすかな希望も今や全く諦めなければならなかった。というのも、彼女の手紙が発送されてすでに四ヵ月以上経過していたが、全く返事を受け取っていなかったからであった。彼女は、自分の親不孝によって両親はすっかり自分を見放してしまったか、あるいは彼らの胸が引き裂かれてしまったかのどちらかであり、もはや家族の祝福は決して望めないのだと諦めた。

どんな人もシャーロット以上に熱烈に、また正当な理由を持って死を願ったことはなかったであろう。しかも彼女はキリスト教の教えに忠実であったので、自分自身の存在に自ら終止符を打つことはできなかった。「もう少し辛抱しさえすれば」涙に暮れながらしばしば自分に言い聞かせた、「そうすれば、体が疲れ弱り果てて、運命のこの辛い重荷が取り除かれ、すべての苦しみから開放されるでしょう。」

十二月の暮れのある寒い嵐の日であった。シャーロットは暖炉の小さな火の傍に座っていた。というのも懐《ふところ》具合《ぐあい》がよくないので燃料の貯えを補充できず、持っているものを注意して少しずつ使うことを学んだからであった。するとその時、家主の農夫の女房が突然入って来て、彼女を驚かせたのである。その女房はろくに挨拶もせずその場に座り込み、奇妙なおしゃべりを始めた。


「わたしゃおまえさんが家賃を払えるかどうか知りたくて来たのさ。というのもモンタブル大尉が行っちまったって聞いたもんでね。そんで大尉は戻って来る前にほぼ確実に戦死だね。そうなるとお嬢さんか、奥さんか、どっちでもいいけど、わたしゃ内の人に言ったんだよ、わたしら家賃をどこで払ってもらえるのかねと。」
これはシャーロットにとって全く予期せぬことだった。彼女は世間の習わしについてほとんど知らなかったので、家賃の支払いについては考えたこともなかった。彼女は実際借金が沢山あることは知っていた。しかし、その中に家賃の支払いがあると思ったことは一度もなかった。彼女はびっくり仰天した。彼女は何と答えてよいのか分からなかった。しかも是非何か言わねばならなかった。自分の気質から推して、すべての女性は優しいものと判断し、家主の女房に同情してもらうには率直に事情を話すのが一番良いと考えたのである。そこで、自分がどんな境遇になり果てたかを話し、お金を払いたくとも自分にはそれができないと訴えることにした。

ああ、哀れなシャーロット、世間の人々についての彼女の知識は何と限られていたことか。そうでなければ、周りの知人の友情や援助を受ける唯一の方法は、あなたがそれらを全く必要としていないと彼らに思わせることだと、分かっていたであろうに。というのも、見るもの全てを石に変えるメデューサの顔のように、困窮と貧困の、人をすくませる様相がいったん姿を現わすや、それまでの友情は幻影のように消え去り、実体のない空気同然となるからです。そして貧しい者の前に広がる全世界は不毛の荒野と化していくのです。慈悲深い方々にはお許し願います。このように話したからといってすべての人がそうだというわけではないのです。あなた方の優しい微笑みと気前のよい施しの手は、運命のいたずらで歩まねばならない多くの茨の道に、芳しい花をまいて下さいました。人の心の冷淡さを非難するからといって、全ての慰めが湧き出る泉を忘れているとは思わないで下さい。そんなことは決してありません！　むしろ周りの闇から新たな光を集めて一段と輝く星座を見上げるように、私は慈悲深いあなたを見上げるのです。しかし、ああ！　私の心を元気づけ、明るくする優しい光を賛美する一方で、その霊光を全ての悩める息子や娘たちに及ぼすことができないのが悲しいのです。

「奥様」哀れなシャーロットは声を震わせながら言った、「私はどうしたらよいのか、すっかり途方に暮れているのです。モントラヴィルが私をここに住まわせ、全ての費用を払うと約束しました。でも彼はその約束を忘れてしまったのです。私を見捨ててしまったのです。その上ここには私を助けてくれる友達はいないのです。ご覧のとおり、私は本当に惨めなありさまなのです。ですからどうかお慈悲をかけて――」

「慈悲だって！」その女はいらいらしながらシャーロットの言葉を大声でさえぎっ

た、「慈悲ね、なるほど。まあ、奥さん、慈悲はまず家庭から始まるんですよ。わたしゃ家庭に七人の子供がいるんです。まっとうで、合法的な子供ですよ。その子らを養う義務がわたしにゃあるんです。そんで汚らわしい、破廉恥な、あばずれ女に、その女とその私生児を養うために、わたしの財産を分け与えるとでもあんたは思っているのかね。わたしゃこの前、内の人に言ってやったよ、これからこの世はどうなるんだろうってね。正直者の女は近頃何にもなりゃしない。身持ちの悪い女どもが淑女で通っていてね。わたしらを、あいつらが歩く泥以上にも見ていないね。しかし、言わせておくれよ、評判のいい奥さん。わたしゃお金を貰わなくちゃならないね。お金が払えないんなら、ここからさっさと出てお行き。安ピカの装飾品は全部置いて行くんだよ。わたしゃ自分の権利を要求しているだけさ。誰もわたしの権利を奪うことはできないよ。」

「ああ、神様！」シャーロットは組んだ両手をしっかり握りしめながら叫んだ、「私はどうなるのでしょう？」

「いいかげんにしておくれ！」冷酷な人でなしの女は言い返した、「兵舎にでも行って、パンのために働いたらどうなんだね。兵隊さんの服の洗濯をしたり、料理をしたりしてね。そして夢にも正直者の財産で遊んで暮らそうなんて思わないこったね。やれやれ、あんたらみたいなごくつぶしののらくら女どもが皆せっせと働かされる姿を見たいもんだよ。それが全くあんたらにお似合いなのさ。」

「ああ、慈悲深き天なる父よ、」シャーロットは叫んだ、「あなたのお与えになった罰が正しいと認めます。でも、お願いですから、その酷《むご》い罰を受けるための心構えをさせて下さい。」

「さてと」女は言った、「わたしゃ、おまえさんがお金を払えないことを内の人に言いに行くよ。それじゃ奥さん、ほんとに今夜にでも荷物をまとめて出て行く準備をするんだね。だって、おまえさんはもう一晩でもこの家にいるわけにはいかないんだからね。わたしゃ、きっとおまえさんは道端で寝るだろうと思うよ。」

シャーロットは黙って頭を下げた。激しい苦悩のため一言も話すことができなかったのである。

第30章

名ばかりの友情とは
まやかしの子守歌
富や名声にへつらい
哀れな人を泣かす影

シャーロットは一人になると考え始めた。どんな方法を取るべきか、つまり、窮乏のため非業の死を遂げないように、あるいは、おそらくまさにその夜、真冬の厳寒の犠牲にならぬようにするには誰に援助を頼んだらよいか、考え始めた。あれこれ考えた後、とうとう彼女はニューヨークの町へ行き、クレイトン夫人をたずねようと決心した。夫人なら自分の窮状を知るとすぐに喜んで助けてくれるだろうと彼女は疑わなかった。こう決意を固めるとすぐに実行に移すことに決めた。そこで彼女はクレイトン夫人に短い手紙を書いた。もし来客中ならば、面会を求めてじゃまするより、取り次ぎに手紙を渡したほうがいいと思ったからだ。

クレイトン夫人へ

奥様

私たちが故国イギリス、哀れなシャーロットにとって今やかけがえのないあの懐かしい、幸せの国を離れた時、私たちは同じ未来を見つめていました。奥様、私たちは二人とも、このように言ってよければ、二人ともあまりにも安易に一時の心の衝動に従ってしまいました。そして私たちの幸福を嵐の海にまかせたのでした。でも、そこで私の幸福は難破し、永久に失われてしまいました。あなたは私より幸運でした――あなたは信義と人情を重んずる人と結ばれたからです。尊敬され、賞賛され、そして私にはない無数の祝福に取り巻かれ、最も神聖な絆、結婚によって結ばれていらっしゃるのです。私の胸から逃げ去り、決して戻らぬあの喜びを楽しんでおられます。ああ！　私の胸は悲しみと深い後悔でいっぱいです。私をご覧下さい、奥様、哀れな見捨てられた放浪者を。疲れた頭を休める場所もなく、生きていくのに必要なものもなく、また天候の厳しさから身を守る場所もないのです。お願いです、憐れみと救いの手を差し伸べて下さい。親しい者、あるいは同等の者として受け入れてほしいと頼んでいるのではありません。ただ哀れな者に慈善を施す喜びのために、あなたの快適な館に私を受け入れて下さい。その一番粗末な部屋を私にあてがって下さい、そして、あなたの幸せを祈りながら息を引き取らせて下さい。私にはもう降り注ぐ山のような悲しい出来事に長くは耐えられないような気がするのです。でも、ああ！　親愛なる奥様、お願いですから私を路上で行き倒れにしないで下さい。そして、私がまもなく安らかな世界に移り行く時、万一不幸で愚かな母の死後も生き残る運命にあるならば、私の無力な幼子に憐れみの手を差し伸べて下さい。あなたは悲嘆に暮れた者に救いの手を拒絶なさるはずがない、そのようなことは絶対になさらないと思う時、私の行き暮れた心にふと喜びの光が射すのです。

シャーロット

この手紙を書き終えると、シャーロットは出産に備えて準備していたわずかな必需品をまとめて包んだ。午後も遅く雪がしきりに降り始めていた。しかし、暗闇よりも吹雪よりも彼女の傷ついた心にとって恐ろしい、冷酷な家主の女房の侮辱に再びさらされることがないよう、彼女は急《せ》かれるようにニューヨークの町へ向けて出発したのだった。

この種の物語においては、どんな些細な手抜かりも、あら捜しの好きな人々によって次のように質問されるかもしれません。つまり、シャーロットは何か値打ちのある品物を持っていなかったのか？　持っていれば、それを処分したお金でビーチャム夫人が帰って来るまで生活を支えることができたのではないか。そして夫人が帰ってくればシャーロットはいたわりと友情に溢れる優しい世話を受けることができただろうにと。しかし、賢明で鋭い紳士の皆様に次のことを是非思い出して頂きたいのです。シャーロットは慌ただしくイギリスを発ったので、航海で当面使用するために必要とされるものを除いて何も買う時間がなかったのです。ニューヨークに到着した後、モントラヴィルの愛情はまもなく冷め始め、その結果、彼女の衣裳ダンスには必需品しか入っていなかったのです。また恋人がしばしば愛人に贈る安っぽい飾り物に関しては、模様のない小さな金のロケットを除いて、何一つ持っていませんでした。しかもそのロケットの中には彼女の母の髪の毛が一房入っていたのでした。ですからどんなに窮乏してもそれだけは彼女には手放せなかったのです。

私の話の真実性について皆様の偏見は取り除かれましたでしょうか？　よろしいですね。では、皆様のお許しを得て話を続けましょう。

窮地に立つヒロインの住む家からニューヨークの町までは大した距離ではなかった。しかし雪が降りしきり、寒さがひどく厳しかったので、身重の彼女の足ははかどらず、途中で寒さと疲労のため今にも倒れそうになるのだった。着ているものと言えば、夏物の無地の白いモスリンの部屋着に薄手の黒いマントとボンネット帽だけであった。これでは寒さを防げず、びしょ濡れになって彼女は町に着いた。そして出会った歩兵にクレイトン大佐の屋敷への道をたずねた。

1775年頃のトリニティ教会

「おやおや、美しいお嬢さん」同情に満ちた声と表情で兵士は言った、「喜んで道をお教えしますよ。でもクレイトン夫人に何かお願いに行かれるのでしたら、それは無駄ですよ。よろしければフランクリンさんの所へご案内しましょう。ジュリアお嬢さんは結婚なさって今はいらっしゃいませんが、それでも大旦那様はとても親切な方です。」

「ジュリア・フランクリンですって？」シャーロットは言った、「その方はモントラヴィルとかいう人と結婚なさったのではありませんか？」

「そうですよ」兵士は答えた、「あのお二人に神の祝福がありますように！　なにしろ、あんなに立派な将校はおられません。私たち兵士にとても親切なのです。そしてジュリアお嬢様と言えば、貧しい人々は皆感謝してあの方を拝んでいますよ。」

「まあ驚いたわ」シャーロットは叫んだ、「では、モントラヴィルは私にだけひどい人だったのね。」

その兵士はクレイトン大佐の家の玄関へ彼女を案内した。胸をどきどきさせながら、シャーロットは屋敷の中へ入れてもらおうとドアをノックした。

第31章　ヒロインはいかに

　ドアが開くと、シャーロットは、寒さと極度の心の動揺のため、かすれた声で、クレイトン夫人はご在宅かとたずねた。召使はためらった。召使は夫人がお気に入りの若者コリドンとトランプの二人ゲームのピケットに興じているのを知っていたのである。さらにシャーロットのような見すぼらしい様子の女に、せっかくお楽しみのところを邪魔されたくないだろうとも考えた。それでも、切羽詰まったシャーロットの表情を見ると願いを聞いてやりたいと思わずにはおれなかった。そこで召使は、奥様はお忙しいが、何か特別な伝言でもお持ちなら奥様にお渡ししましょう、と言った。

「どうかこの手紙を渡して下さい」シャーロットは言った、「手紙を書いた不幸な本人がホールで返事を待っていますと夫人に伝えて下さい。」

　その震える口調、涙ぐんだ目は、石のような心をも動かしたにちがいない。召使は哀れな嘆願者から手紙を受け取って、急いで階段を上って行った。

「お手紙です、奥様」女主人に差し出しながら、彼は言った、「すぐに返事が必要だそうです。」

クレイトン夫人はその内容にチラッと無造作に目を向けた。「これ、何なのよ？」彼女は高飛車に言った、「いちいち物乞いや、見ず知らずの者からの嘆願で煩《わずら》わさないでおくれ。口が酸《す》っぱくなるほど言っているだろ。私には何もできないってその女に言っておくれ。悪いけど、いちいち取り合っていたら切りがないからね。」

召使はお辞儀をして、がっかりしながらこの冷淡な伝言をもってシャーロットの所へ戻っていった。

「きっと」シャーロットは言った、「クレイトン夫人は私の手紙を読んでいらっしゃらないのだわ。親切なお方、どうか夫人の所へもう一度行って下さい。厳しい寒さを避けるために夫人の快適な屋敷の屋根の下に泊めて下さいとお願いしてるのはシャーロット・テンプルだと夫人に伝えて下さい。」

「どうか、邪魔をしないでおくれ、おまえ、」その召使が哀れな若い女のために再び手紙を差し出した時、クレイトン夫人はいらいらして叫んだ。「私はその娘を知らないとおまえに言っているのだよ。」

「私を知らないですって？」その部屋に飛び込みながら、シャーロットが叫んだ（彼女はその召使の後について階段を上って来ていたのだった）。「私を知らないですって？　破滅したシャーロットを覚えていないですって？　あなたがいなければ、この私は今なお純潔で、幸せだったかも知れないというのに。まあ！　ラ・ルー、こんな言葉を聞くなんて、とても信じられないわ。」

「全くもって、お嬢さん」厚顔極まりない冷酷な女は答えた。「本当に訳の分からないことをおっしゃいますね。私には何のことだかさっぱりわかりませんよ。ジョン」召使の方を向きながら、クレイトン夫人は続けた、「この若い女はきっと気が狂っているにちがいない。お願いだからその女を連れて行っておくれ。その女を見ると私は怖くて死にそうだよ。」

「おお、神よ！」苦悶のあまり手を握りしめながら、シャーロットは叫んだ、「これはひどすぎます。私はどうなるのでしょう？　でも私はあなたから離れません。誰にも私をあなたから引き離すことはできません。ここに土下座して、どうか路上で私を死なせないで下さいとあなたに懇願します。もしあなたが本当に私を忘れたのなら、ああ、お慈悲ですから、今夜身を切る冬の寒さを避けるために私に宿を貸して下さい。」

身重の痛ましい状態にあるシャーロットの土下座する姿は感情に流されれぬ禁欲主義者の心さえ動かし、同情させたことであろう。しかし、クレイトン夫人の心は動かされることはなかった。シャーロットがチチェスターで知り合った頃のことを語ったが無駄であった。彼女たちが同じ船に乗っていたことについて話したが無駄であった。モントラヴィルやベルクールの名前を挙げたが無駄であった。クレイトン夫人は、その女の無礼を遺憾に思うが、その種の女を家に入れて世間の評判を危険にさらすなどとんでもない、その上、そのような状態の女に宿を貸して夫にどんな迷惑と出費をかけるようになるか分からない、とただ冷たく繰り返すばかりであった。

「ここで、とにかく死ぬことはできます」シャーロットは言った、「こんな恐ろしい闘いの中では私はもう長くは生きられないような気がします。慈悲深き天なる父よ、どうかこの場で私を死なせて下さい。」激しい苦悶の中でシャーロットは意識を失い床に倒れた。

「その女を連れて行っておくれ」クレイトン夫人は言った、「本当に怖くなっちまう。ヒステリーが起きそうだよ。その女を連れて行っておくれ、ほんとに今すぐ!」

「それで、どこへその哀れな娘を連れて行けばよろしいのですか?」同情の声と表情でその召使はたずねた。

「どこへなりと」夫人はいらいらして叫んだ、「二度とその女の姿が見えさえしなけりゃ、どこだっていいんだよ。その女のお蔭でひどく気が動転してしまったよ。きっとこれから二週間ばかりもとの自分には戻れないだろうね。」

召使のジョンは仲間に手伝ってもらって、シャーロットを起こし、階下へと運んで行った。「かわいそうに」彼は言った、「おまえを今夜路上に寝かしたりはしないよ。私は一つのベッドと粗末でちっぽけな小屋を持っている。そこで女房と子供たちが休むのだが、今夜は寝ずにおまえの看護をさせよう、そしておまえを危険から守ってあげよう。」召使たちはシャーロットを椅子に乗せ、仲間の一人が手伝って、彼の妻子の住む小さな家に運んで行った。医者が呼びにやられた。医者が彼女に瀉血を施すと、彼女にいくぶん生気が戻って来る兆候が見られた。そして夜明け前に女の赤ちゃんが産まれた。出産後、シャーロットは一種の昏睡状態に陥って数時間横たわっていた。口を開くと早口で支離滅裂なことを口走り、あきらかにすっかり正気を失っていた。

第32章　なぜ、何のために

　鋭敏な読者はクレイトン夫人がシャーロットとの関係をあれほどきっぱり否定したことに驚かれたことでしょう。ですから、夫人の行為をある程度説明しておいた方がいいと思います。クレイトン夫人、つまりラ・ルーはシャーロットが優れた分別を持ち、貞淑な女性であることを十分に承知していました。自分が悪の道を勧め、悪い手本を示していなければ、シャーロットは道を踏み外すことはなかったと分かっていました。しかし、彼女の夫はまだこの経緯《いきさつ》を知ってはおりません。夫人は自分の仕業《しわざ》を夫に知られたくはありませんでした。というのも、夫人はすでに夫は今までのように自分の言いなりにはならないことを感じていたからです。シャーロットが家の中にいる間、夫のクレイトン大佐が戻って来はしないかと、彼女は内心びくびくしていました。イギリスからの航海中、大佐がシャーロットにひどく同情的だったのを彼女ははっきり記憶していました。ですから、もし夫がシャーロットの現在の苦境を知れば、彼はシャーロットに身を寄せる安全な場所を提供し、できる限り世話することは疑いの余地がありませんでした。そうなれば、シャーロットの無邪気な性格を見て、夫がこの不幸な娘の駆け落ちに際して、夫人が果たした大きな役割に気付くかもしれないと恐れたのでした。さらには自分自身とシャーロットを比べた時、自分の振る舞いがあまり立派に見えなくなるだろうとも思いました。しかしながら、もし落ちついて筋道立ててよく考えていたなら、夫人はその哀れな娘を保護していたでしょう。その上で感謝する娘に沈黙を守らせ、繰り返し親切にしてやることによって、その沈黙を確実なものにしたことでしょう。しかし、悪徳はその信奉者を盲目にしてしまいます。悪人が必死に外見を取り繕おうとする時、悪徳はその正体をさらけ出してしまうのです。

ちょうどそのようなことがクレイトン夫人にも起こったのだった。夫人の保護を求めた哀れにも錯乱せんばかりに追いつめられている娘に、女主人が冷酷に応対したことについて、召使たちは公然と意見を言い合った。皆が夫人の冷酷な行為を非難した。お気に入りのコリドン青年ですら、夫人はせめてその娘の介護を指図すればよいのにと思ったのである。しかし、彼はその思いを夫人にほのめかそうとさえしなかった。

何故なら彼はただ夫人の恩恵の下に生活し、溺愛されているのをよいことに自分自身の財力ではおよびもつかない贅沢を支えるための莫大なお金を、夫人から引き出していたからである。それ故、彼がクレイトン夫人に窮地にある嘆願者に寛大であれと願い出るのは論外のことであった。それでも、悪徳は彼の心を完全に麻痺させたわけではなく、シャーロットの悲しみは彼の心をも傷めたのである。

シャーロットは今や、貧しいが人情厚い先程の召使の小さな家で世話になり三日間を過ごしていた。しかし彼女は周りの状況に全く無関心であった。モントラヴィルや父親を求めて絶えずうわ言を言い続けた。彼女にはまだ母親という意識はなく、自分の赤ちゃんに少しも注意を払おうとはしなかった。その子は誰の子なのか、何故親の所へ連れて行かないのかとたずねるばかりであった。

「まあ、」赤ちゃんが泣く声を聞いて驚いて起き上がり、シャーロットはある日言った、「何故その子をここに置いているの？　母親にとって我が子と引き離されることがどんなに辛いか知っていれば、きっとそんなことはできないでしょう。それは命の絆を引き裂くようなものです。ああ、ほら、今あの恐ろしい光景が目の前に浮かびます、——そこに——そこに私の最愛のお母様が立っていらっしゃいます。お母様の哀れな胸の全ての血管から血が流れ、その優しい、愛情深い胸はずたずたに引き裂かれています。全ては、破滅した、恩知らずの娘を失ったためなのです。助けて――私を助けて――お母様の怖い顔から。私にはとても――本当に、私にはとてもお母様に話しかけることはできません。」

彼女の乱れた心につきまとう幻覚はこのように恐ろしいものだった。そして医学では救うことのできないその恐ろしい病の下で体力は急速に衰えていった。彼女の治療をしていた医者は人情に厚く、彼女を救おうとできる限りの努力をしたが、足りないものが多すぎた。彼女に親切に宿を貸した召使は貧乏で、必要な品々や生活を快適にする物を調達できなかった。そこで、医者はこの娘の状況を将校の奥方たちの誰かに知らせ、彼女を救うための寄付金を募ろうと決心したのである。

この決心をして帰宅した時、医者は夫の赴任先のロードアイランドからニューヨークに帰って来たばかりのビーチャム夫人の伝言を見た。それには子供の一人の具合があまり良くないので、すぐに見に来てほしいと書かれていた。「この人しかいない」呼び出しに急いで応じながら、医者は思った、「ビーチャム夫人以上の人は考えられない。この人なら私の願いをきっと聞いてくれるだろう。夫人にこの哀れな娘のことを話し、援助してもらえるよう努力してみよう。この娘には優しく慰めいたわってくれる人が必要だ。うまくゆけばこの娘を救えるかも知れない。とにかく努力してみよう。」

「それでその娘はどこにいますの？」医者が子供を診察し、薬を処方した後でその哀れな話をすると、ビーチャム夫人は叫んだ、「その娘はどこにいますの、先生？すぐにその娘の所へ行きましょう。困っている人を見殺しにすることが絶対にありませんように！　さあ、今すぐ行きましょう。」それから医者の腕を取って、瀕死の娘の横たわる住まいの方へと急いだのだった。

第33章

人の心の分からぬ者は読まなくてよし

哀れな病人の部屋に足を踏み入れたビーチャム夫人は、愕然《がくぜん》として思わず一歩後ずさりした。カーテンはなく、形ばかりの覆いを掛けたみすぼらしいベッドに、美しい女性の面影《おもかげ》をまだ留めている憔悴《しょうすい》した姿が横たわっていた。しかし病気のためその容貌はすっかり変わり果てていたので、ビーチャム夫人はまさかシャーロットであるとは思いもよらなかったのである。部屋の片隅で一人の女が立って洗い物をしていた。健康そうな子供たちが小さな炉火にかぶさるようにして震えていた。その二人の子供はろくに衣服を身につけていなかったのである。生まれたばかりの幼子は母親の傍で眠り、ベッドのそばの椅子の上には、お粥が少し入っている木のスプーンを添えたお碗と、二匙ほどワインの入ったティーカップが置いてあった。ビーチャム夫人はそのような貧しい光景を一度も見たことがなかった。思わず身震いして、「神よ、どうか私たちを見捨てないで下さい！」と叫びながら、すぐにも壊れそうな椅子の背にもたれかかった。医者はいきなりこの痛ましい場面にビーチャム夫人を連れて来たことを後悔した。しかし、詫びているひまはなかった。シャーロットが夫人の声を聞きつけ、ベッドから転がり出んばかりに叫んだ――「平安と慈悲の天使、あなたは私を救いにいらしたのですか？　ああ、あなたは天使だと分かっています。だってあなたが近くにいらした時はいつでも、私の悲しみが半分になるのを感じましたもの。でも、あなたは私をご存じない。私も、今あなたの名前が思い出せないのです。でもその情け深いお顔は存じ上げております、そして、いつも不幸なシャーロットを慰めて下さった優しいお声も。」

ビーチャム夫人はその間ベッドに座り、哀れな娘の一方の手を握っていた。夫人は注意深く病人を見つめていたが、シャーロットという名前を聞いたとたんに衝撃的な出来事のすべての謎が解けたのである。かすかな吐き気が夫人を襲った。「まあ、何ということでしょう！」夫人は言った、「こんなことがあり得るのでしょうか？」わっと声を上げて泣きだし、シャーロットの燃えるように熱い頭を自身の胸に抱き寄せ、さめざめと彼女の上に涙を流したのであった。「ああ、」シャーロットは言った、「私のためにこのように泣いて下さるとは、本当に優しい奥様。私が自分のために涙を流したのはずっと前のことでした。私の頭と心は火のように熱いのに、奥様の涙で冷やされて気持よくなりました。ああ、今、奥様が私の哀れな父に手紙を送ってあげようとおっしゃったことを思い出しました。父はもう手紙を受け取ったのでしょうか？もしや、父の返事を持って来て下さったのでしょうか。何故おっしゃって下さいませんの、奥様？　私が家に帰ってよいと父は言っておりますか？　では父はとても優しい人です。私はすぐに帰る支度をしましょう。」

それから彼女はベッドから出ようともがいた。しかし、止められて、再び錯乱し始め、ひどく取り乱して支離滅裂なことをわめくのだった。ビーチャム夫人は、彼女を動かすのは無理だと感じて、その部屋をもっと心地よくするよう命じ、母子のために適当な看護婦を付けることで納得した。さらに正直者の召使ジョンからシャーロットがクレイトン夫人に救いを求めて嘆願したがはねつけられた経緯《いきさつ》を詳しく聞き知って、ジョンの親切な行為に十分な報酬を与えた。数々の痛ましい出来事を知り重い気分になってはいたが、それでも窮地に陥っていた友にできる限りのことは果たしたと思い返して、ビーチャム夫人は少し安堵して家に帰ったのである。

翌朝早く再びシャーロットを訪れてみると、その様子はかなり落ちついていた。シャーロットは夫人の名前を呼び、優しい心遣いに感謝した。幼子が連れて来られると、その子を抱きしめ、涙を流し、その子を親不孝者から生まれた子供と呼んだ。ビーチャム夫人はシャーロットが深く自分の行為を後悔しているのを見て嬉しく思った。そしてシャーロットは回復するかもしれないと希望を持ち始めるのだった。しかし、医者の到来でこの希望ははかなくも打ち砕かれてしまった。その少女は最後の力を振り絞っているのだと医者は言った。数時間もするとかわいそうにこの少女はほぼ確実に親族の眠る地へ旅立つだろうと告げたのである。

気分はどうかとたずねられて、シャーロットは答えた——「お蔭でよくなりました。ずっとよくなりました、先生。今ではもう少し生き長らえたいと願っています。昨夜は何時間か眠りました、そして目覚めると、記憶がすっかり戻っていました。体力が衰えていることはよく分かっています。苦しみもそう長くはないと感じています。私は全人類を救うために亡くなられた主イエスの慈悲を謙虚に信じます。死を迎えるにあたって私の苦難が、主の慈悲によって、本物の悔い改めとなり、怒れる神の目から私の過ちを消し去ったと信じています。でも、私にはただ一つ心配なことがあるのです――私の哀れな幼子！　慈悲深き天なる父よ！」天を仰ぎながら、彼女は続けて言った、「限りなく善なる天の父よ、願わくは母の罪が罪なき子に及びませんように！　主の教えを蔑《ないがし》ろにするよう私に教えた人々が許されますように。私自身の罪を彼らの所為にしませんよう切に祈ります。そして、ああ！　慈悲深き憐れみで私の悩める心を慰め、苦痛と病の床さえも安らかにして下さった人々に最高の祝福を与えて下さい！」

彼女は慈悲深き神へこのように熱心に呼びかけ、体力を消耗してしまった。そして唇はまだ動いていたけれど、彼女の声はついに聞き取れなくなった。まるでうたた寝をしているかのように少し横たわり、それからはっと気がついて、弱々しくビーチャム夫人の手を握り、牧師を呼んでほしいと頼んだ。

牧師が到着すると、彼女は臨終を迎える神聖な儀式に必死で参加し、彼女の心にもっとも重くかかっている両親への忘恩を繰り返し懺悔した。彼女が最後の厳粛な儀式を果して横になる準備をしていた時、ドアの外からざわめきが聞こえた。ビーチャム夫人がドアを開け、用件を聞くと、四十歳くらいに見える男が自分の名を名乗って、ビーチャム夫人はおられないかとたずねた。

「私ですが」彼女は言った。

「おお、それでは、親愛なる奥様」男は叫んだ、「娘にどこで会えるのか教えて下さい、私の哀れな、身を滅ぼした、それでもなお後悔している娘に。」

ビーチャム夫人は驚いて、胸が詰まり、何と言ってよいか分からなかった。シャーロットを探し求めて、イギリスから到着したばかりのテンプル氏が、娘に会ってどんなに悩み苦しむか察せられた。しかも、父の許しと祝福こそが娘の死の苦しみさえも和らげるであろうと分かっていたのである。

彼女はためらった。「教えて下さい、奥様」テンプル氏は激しく叫んだ、「教えて下さい、お願い致します。娘は生きているのですか？　私はもう一度愛しい娘に会えるのでしょうか？　おそらく娘はこの家の中にいるのでしょう。どうか、どうか私をあの娘の所へ案内して下さい。あの娘を祝福し、それから死の床につくために。」

熱情を込めて訴える彼の大きな声はシャーロットの耳に届いた。彼女はその懐かしい声を夢かと思った。テンプル氏がその部屋に入った時、一声大きく叫んで、前方に転がり出た。「おなつかしい、お父様！」「おお、愛しい我が娘よ！」体力はもはや支えきれなかった。二人とも気を失って、そこにいる人々の腕の中に倒れた。

シャーロットは再びベッドに寝かされ、テンプル氏はまもなく意識を回復した。だが、彼の苦しみ悩む様は形容できない。その恐ろしい場面を描写することは誰にもできない。その場にいるすべての人々の目がそれぞれの思いを証言していた——しかし、皆沈黙するばかりだった。

シャーロットの意識が回復した時、彼女は父の腕に支えられているのを知った。娘は物言いたげな切ない眼差しで父を見た。が、話すことはできなかった。強壮剤が与えられた。それから彼女は弱々しい声で我が子を求めた。幼子が連れて来られた。その子を父の腕の中に置き、「娘を守って下さい」彼女は言った、「そして、祝福して下さい、あなたの死に行く——」

その言葉を言い終えることができぬまま、シャーロットは枕に沈み込んだ。彼女の顔は神々しいほどに穏やかであった。彼女は父がその幼子を胸にしっかり抱きしめるのをじっと見ていた。その憔悴した顔に突然一条の喜びの光がよぎった。彼女は天を見上げ——そして、目を閉じた、永遠に。

第34章　天罰

話は変わって、帰還命令を受けたモントラヴィルはニューヨークへ戻って来た。自分が恥辱を与えた女にまだ幾分かの憐憫《れんびん》の情が残っていたので、彼女が無事かどうか、そしてその子供が生きているかどうかたずねるために、ベルクールを探しに出かけた。ベルクールは放蕩三昧の生活をしていた。ベルクールはシャーロットが自分を捨てた、そしてその後彼女がどうなったか知らないと言うばかりで、モントラヴィルはどんな情報も得ることができなかった。

「おまえを捨てただと、そんなことは到底信じられない」モントラヴィルは言った、「シャーロット・テンプルのような清らかな心を持っていた少女が、そんなに突然、男を弄《もてあそ》ぶ悪女になるなどとは。気をつけろ、ベルクール」彼は続けて言った、「あの哀れな娘におまえが不当で、恥知らずな仕打ちをしたというのなら、ただではおかない。おまえの命で代償を払ってもらうぞ。——おれはあの娘のために必ず復讐してやるからな。」

彼は直ぐさま郊外へ、シャーロットを置き去りにした家へと急いだ。そこは荒れ果てていた。いろいろたずねた後、やっとシャーロットに仕えていた召使の少女を見つけた。彼女から話を聞いて、病気や貧困や傷心などの不幸がいろいろ重なって、シャーロットが苦しみに耐えた悲惨な状況を知った。そのあげく、ある寒い冬の夕方、シャーロットがニューヨークへ向かって徒歩で出発したことを知った。しかし、その少女はそれから先のことは知らなかった。

この説明にひどい衝撃を受け、気も狂わんばかりに心を責め苛《さいな》まれて、モントラヴィルは町に戻って行った。町に着く前に日は暮れようとしていた。町に入る時、彼は数軒の粗末な小屋、将校や兵士の衣服を洗濯して生活している貧しい女たちの住居を通り過ぎなければならなかった。あたりに夕闇が迫り、近くの尖塔から厳粛な弔いの鐘が響いてきた。それは誰か貧しい人があの世の館へ旅立つのを告げているように思われた。その鐘の音はモントラヴィルの心を打った。彼は思わず立ち止まった。その時、一軒の家から葬列が出るのが見えたのである。我知らず彼は少し離れてその葬列に付いて行った。そして人々が柩《ひつぎ》を墓穴《はかあな》に入れる時、傍に立って同情の涙を拭《ぬぐ》ったばかりの兵士に、たった今埋葬されたのはどなたかとたずねた。「どうかお聞き下さい、閣下」その男は答えた、「それは冷酷な男によって家族から引き離され、だまされてアメリカに連れて来られた哀れな娘なのです。というのもその男は妊娠したその娘を捨てて、他の女と結婚したのです。」モントラヴィルは身じろぎもしないでその場に立っていた。その男は話を続けた——「ほんの二週間程前、雪が降りしきる寒い夜、町の通りで私自身がその娘に会ったのです。彼女はクレイトン夫人の所へ行きました。しかし夫人は家に入れようとはしませんでした。それでその哀れな娘はひどく取り乱したのです。」モントラヴィルはそれ以上聞くことができなかった。彼は激しく両手で額を打った。「かわいそうなシャーロット！　僕が殺してしまった！」と叫びながら、彼女の亡骸《なきがら》に土を盛っている場所に駆け寄った。「待って、待って、しばらく待って下さい」彼は叫んだ。「シャーロット・テンプルの仇を討つまでその墓を閉じないで下さい。」

「無分別な若者よ」テンプル氏は言った、「死者を見送る哀悼の儀式をこのようにかき乱し、乱暴にも打ちひしがれた父の悲嘆を邪魔するとは、貴様は何者だ？」

「もしや、あなたはシャーロット・テンプルの父上では」恐怖と驚きの入り混ざった表情でじっとテンプル氏を見つめながら、モントラヴィルは言った――「もしやあなたがシャーロットの父上ならば――私がモントラヴィルです。」それからひざまずいて、彼は続けた――「これが私の胸です。当然の報いの一撃を受けるための胸です。この剣で突いて下さい――さあ、突いて下さい、そして後悔の苦しみから私を救って下さい。」

「ああ!」テンプル氏は言った、「もし君が娘の誘惑者なら、君自身の後悔の痛みで罰せられるだろう。私はすべてを全能の神の御手に委ねよう。あの土の小山を見よ、

シャーロットの埋葬とモントラヴィル
(1865年フィラデルフィラ版)

そこに君は子煩悩な父の唯一の喜びを埋めたのだ。何度もそれを見るがよい。そして君の心が神の慈悲にかなうよう、真の悲しみを知ることを祈る。」テンプル氏は彼に背を向けた。モントラヴィルは、その瞬間ベルクールの裏切りを思い出して、身を投げ出していた地面からぱっと飛び起き、ベルクールのいる宿へと矢のように飛んで行った。ベルクールは酔っぱらっていた。モントラヴィルは激怒していた。彼らは決闘した。モントラヴィルの剣が仇の心臓を貫いた。ベルクールは倒れ、即座に息を引き取った。モントラヴィルは軽い傷を負っただけだったが、気持ちの乱れと出血で弱り果て、昏睡状態に陥ったまま、取り乱した妻のもとに運ばれたのである。それからしばらく危険な病状と執拗な妄想が続いた。その間、彼は絶えずうわごとでシャーロットを呼んでいた。だが、丈夫な体質とジュリアの優しい献身的看護のお蔭でやがて心身の病を克服し、彼は回復した。しかし、死ぬまで憂鬱の激しい発作に襲われがちであった。ニューヨークに留まっている間、彼はしばしば教会の墓地に引きこもり、その墓に涙を流し、美しいシャーロット・テンプルの早すぎた死を悼み悲しんだのであった。

第35章　結び

娘を埋葬してまもなく、テンプル氏は残された大切な幼子とその乳母と一緒に、イギリスに向けて出航した。彼を待っていた妻ルーシーと年老いた義父との出会いのありさまは筆舌に尽くしがたい。感受性のある人なら想像に難くないであろう。娘の死を知った時の激しい悲嘆がおさまると、テンプル夫人は孫娘ルーシーの世話に明け暮れた。そして孫娘が成長するにつれて、再びシャーロットを取り戻したかのように感じ始めるのだった。

これらの痛ましい出来事からおよそ十年、老父エルドリッジの最期を看取った後、テンプル夫妻は用事でロンドンに出向いた。かわいい孫娘ルーシーも一緒だった。ある日の夕方、彼らが散歩から戻ってくると、玄関の階段に一人の哀れな様子の女が座っていた。彼らが近づくと、その女は何度か立ち上がろうとしたが、極度の衰弱で発作を起こしてその場に倒れてしまった。テンプル氏は困っている人を見過ごすことはできなかった。気高い憐憫《れんびん》の情に動かされ、すぐさまその女を家の中に運び込み、適切な気付け薬をあてがうようにと命じた。

女はまもなく意識を取り戻し、テンプル夫人をじっと見て声を上げた——「あなたはご自分がしていることが分かっておられません。奥様、あなたは誰を助けているのか分かっておられない。お分かりになれば、あなたは恨み重なる心でこの私を呪うことでしょう。近寄らないで下さい、奥様。私に近づくと汚れてしまいます。私こそあなたの平安を乱し、苦しめた毒蛇なのです。私は哀れなシャーロットを追い払い、路上で死なせた女なのです。神様、お慈悲を！　私には今、あのシャーロットが見えます」かわいいルーシーを見やりながら、彼女は続けて言った、「恥知らずの私の罠にかかって、あまりにも無垢だったシャーロットは、純潔の美しい蕾を開かぬままに枯らしてしまったのです。」

テンプル夫妻はこの女に落ちついて軽い食事を取るように勧めたが無駄であった。彼女はグラス半分ほどのワインを飲んだだけで、次のように話した。自分は夫と別れて七年、その大半の日々を放蕩や遊興や悪徳に費やしたこと、そしてついに、貧乏と病気のために、すべての貴重品を手放した上、牢獄で生涯を終えるのかと思っていた時、情け深い友人が彼女の借金を払ってくれて牢獄から出られたこと、しかし、病気が悪化して自活できず、友人たちも彼女に見切りをつけてしまったことなどである。彼女は続けて言った、「私は二日間何も食べていません。昨夜は痛む頭を冷たい歩道に横たえました。ああ、私が冷酷に他人に与えてきた苦しみが、わが身にふりかかってきたのはまさに当然の報いなのです」

テンプル氏にはクレイトン夫人を大いに憎むべき理由があった。しかし、いささかの憐憫の情なしには、この苦しんでいる女性を見ることはできなかった。彼はその夜、屋敷に彼女を泊め、翌日彼女の承諾を得て入院させた。そこで数週間生き長らえた後、クレイトン夫人、かつてのラ・ルーは死んだ。悪徳は、最初どんなに繁栄していようとも、最後には悲惨と恥辱に終わるという顕著な実例であった。

シャーロット・テンプル　了

解説

パトリシア・パーカー

この小説の主人公シャーロット・テンプルは架空の人物ですが、読者に愛されるあまり、二十世紀に入ってなおニューヨークに在る「シャーロットの墓」と言われる墓所には、その少女の不幸な死を悼んで涙を流す人々の訪れが絶えません。アメリカで最初のベスト・セラーとなった小説『シャーロット・テンプル』は、発売以来二百版余を重ね、フランス語、ドイツ語、そしてスペイン語に翻訳されました。本書は日本における最初の翻訳です。

スザンナ・ローソンは『シャーロット・テンプル』を一七九一年にイギリスで出版しますが、余り反響はありませんでした。二年後、一七九三年に作者は独立革命後のアメリカ合衆国に渡り、翌一七九四年同作品はフィラデルフィアで再び出版されました。一七九一年当時、小説はまだ目新しい文学形式であり、多くの人々が書物は娯楽のためではなく教育のためにあるべきだと論じて、虚構である小説に難色を示していました。一方では、イギリスと新生アメリカ合衆国で始まった巡回貸出文庫（lending libraries）の流行によって、教訓話に負けないほど小説を楽しむ読者層が増加していたのも事実です。しかし、ローソンの後期の小説にも書かれている通り、野心に燃える若い女性作家は、いざ出版社に原稿料の支払いを求めようとすると、やはり、おずおずと卑屈にならざるを得ませんでした。当時の社会常識として女性がお金の交渉をするなど考えられなかったからです。中には若き日のスザンナ・ローソンのように経済的必要に迫られて大胆に原稿料を要求するものもいました。

『シャーロット・テンプル』を出版した頃、スザンナ・ローソンは結婚して七年目を迎えていました。結婚当初、ハンサムに見えた夫には一家を支えるだけの生活力がありません。転々と職を変えた後、夫婦は舞台生活に情熱を傾けますが、ロンドンでも地方の都市でも俳優として自活することは困難でした。ローソンは結婚する以前から始めていた著作を相変わらず続け、ロンドンの総合娯楽施設ラネリー・ガーデンやヴォクスホール・ガーデンのために歌の作詩もしました。さらに同時代の俳優や劇作家についての長い批評詩も発表しました。一七八六年に結婚して以来、生活を支えるためにお金を稼ぐ必要に迫られ、次々に三冊の小説も出版します。そのいずれも批評家からはあまり称賛されませんでしたが、そのすべてに対して出版社から相当額の報酬を受け取るのに成功しました。彼女は若くして、批評家たちの黙殺や酷評に耐える強靭な精神力を身につけ、何と言われようと、著作を楽しみ、女性を主人公にする物語を創作し、同性の味方と支持が女性には必要なのだと力説しました。しかし、この四番目の小説『シャーロット・テンプル』が富ではなく名声をもたらそうとは、さすがの彼女も予想だにしていませんでした。

一七九三年、スザンナとウィリアム・ローソンが小さな劇団と共にスコットランドのエジンバラで興行をしていた時、アメリカのペンシルベニア州フィラデルフィアの劇団からの誘いで雇われることになり、他のイギリス人の俳優や女優たちと一緒にアメリカに向けて出航しました。その中には、彼らのように夫婦も何組かいました。その新しい国アメリカはスザンナ・ローソンにとって初めての地ではありませんでした。父ウィリアム・ハズウェルが英国海軍の将校であった時、任地先ボストン近郊のナンタスケットで彼女は子供時代を過ごしたことがあったのです。少女のスザンナと父の再婚後に生まれた異母弟たちは、海辺の半島で牧歌的な幼年時代を送りました。まもなくアメリカの入植者たちのイギリスからの独立を求める反乱によって、家族は自宅軟禁となり、最終的には捕虜交換でイギリスへ送還されたのでした。スザンナにはアメリカで過ごした子供時代の懐かしい思い出があったので、新しい共和国アメリカに帰り、急成長している娯楽産業に一役買う機会を喜んで受け入れました。

アメリカ東部、大西洋沿岸の英国植民地では、アメリカ独立戦争で劇場が封鎖されるまで、多くの人々が舞台演劇を楽しんでいました。今や戦争も終わり、平和な生活を取り戻した新生アメリカ共和国の市民たちは娯楽に飢えていました。彼らは巡回貸出文庫から本を借りました。劇場が建設され劇が上演されると聞くと、東端の町々にまではるばる見物に出かけました。ローソンは舞台出演の合間にも小説を書きつづけ、さらにフィラデルフィア劇場のために歌や劇も書きました。その後、夫とその妹シャーロットそして一座の多くの者たちと一緒に、彼女はボストン・フェデラル・ストリート劇場へ移りました。そこでも以前と同様、彼女は舞台で演技をしながら著作活動を続けます。

スザンナ・ローソンは芸に熱心で能力のある女優として知られていましたが、彼女に抜群の名声を与えたのは『シャーロット・テンプル』の作者としてでした。三十五歳でローソンは舞台を去りました。常に彼女の関心を引いていた仕事、女子教育に従事しようと決めたからです。アメリカ最初の女子寄宿学校を開設した時、作家としての彼女の名声は大いに役立ち、大成功を収めました。一七九七年から一八二四年に他界するまで、スザンナ・ローソンは女子寄宿学校の所有者であり経営者でした。『シャーロット・テンプル』の作者として、また独立心の強い若い女性を主人公にした他の小説の作者として、ローソンの名声は広く知られ、彼女の経営する学校には名門の娘たちが集まって、入学するのに順番待ちができるほどでした。ローソンが亡くなった時、彼女は心温かく、愛情深い、誠実で、厳格な女校長として讃えられました。彼女が書いた小説、詩、歌、教科書などはボストン市民の感性を表現するものであり、新しい共和国を担う未来の妻や母となる若い女性たちの教育に貢献したのです。

＊＊＊

批評家や読者はこの中編小説の人気にしばしば驚嘆してきました。その人気は作者の死後も長く続きました。この十八世紀末の誘惑物語の筋と平板な人物像は、当時書かれた他の小説とさほど変わりのないものでしたが、短い章に分けられたテンポの速いストーリー展開、劇的な緊迫感溢れる場面、そして、生き生きとした絵画的描写が、読書家のみならず演劇愛好家をもひきつけたのです。初期の読者は自分たちを「若い女性やその母親」という設定で、友人同士のように話しかけてくる語り手に特に好意を示しました。読者はさらに小説における多くの悪役たちの複雑な絡み合いに一層興味をそそられました。悪役の中には女性も含まれ、誘惑者の男性自身も罪悪感を抱えて悩み、死ぬまで後悔に苛まれます。感傷的な筋運びは特に十九世紀のアメリカの読者の心に訴えかけました。出版社はシャーロットの肖像画や小説中の場面の挿絵を加えました。さらに小説には存在しない情景の挿絵――例えばニューヨーク市のトリニティ教会墓地のシャーロットのものと信じられている墓石まで付け加えました。小説を勝手に剽窃《ひょうせつ》して登場人物を増やしたり削ったり、筋や会話部分を変えた戯曲版『シャーロット・テンプル』も現れました。読者は、誰がシャーロットの物語を書いたか、忘れてしまった後もずっとシャーロットの不幸な運命に涙を流し続けたのです。

一九〇五年版の『シャーロット・テンプル』の序文において、編者フランシス・ハルシは墓所の由来を説明しました。ローソンとその子孫は、その小説は牧師の娘シャーロット・スタンリーとスザンナ・ローソンの年上の従兄弟ジョン・モントレザ中尉の実話に基づいていると主張しました。ローソンの初期の伝記作者チャールズ・ネイスンもまたそのストーリーの真実性を力説しました。それでニューヨークのトリニティ教会墓地にあるシャーロット・スタンリーの墓所がシャーロット・テンプルの墓所と見なされるようになり、数多くの読者がその墓を訪問し、花を捧げ、涙を流したのです。

二十世紀の批評家はその小説の感傷主義と単純な人物描写に批判的です。それにもかかわらず、読者はこの気取らぬ物語を楽しんで読みました。一七九一年以来途切れることなく出版され続けた小説は珍しいのです。今日でもアメリカ人は、この小説を愛読し、男に捨てられたかわいそうなシャーロットに心から同情しています。読者の中には、シャーロットが異性の誘惑や男女を問わず人の心には悪が潜んでいることを一切教えられず、限られた教育しか受けられなかった十八世紀の社会体制自体を痛烈に非難する人もいます。モントラヴィルは、自分自身の当面の欲望以外少しも将来のことを考えないという点で、女性への敬意に欠けると指摘されています。シャーロットの両親たちが属する中産階級の家族の価値観に共感する読者は、ラ・ルーの利己主義と冷酷さを糾弾する語り手に、喝采を送ります。出版から二百年を経て男女間の差別がほぼ取り払われた現在でも、若い女性を誘惑し、己の欲望を満たすや否や捨て去るという男性の行為を許すことはできません。私たちはそのような行為をする男性の人間性を非難せずにはおれません。

ローソンは人々に楽しく読んでもらうためにこの小説を書きました。今日私たちがそれを読む時、人間の感情と価値観は過去二百年間ほとんど変わっていないとしみじみ感じるのです。

トリニティ教会にあるシャーロット・テンプルの墓
（ブロードウェイに臨む）

スザンナ・ローソン年譜

一七六二　二月二十五日イギリス、ハンプシャー州、ポーツマスで英国海軍大尉ウィリアム・ハズウェルの一人娘として生まれ、スザンナ・ハズウェルと命名。母スザンナ・マスグレイヴ・ハズウェルは産後まもなく亡くなる。

一七六三　ハズウェル大尉が英国税関の収税官としてアメリカに赴任するためスザンナは親戚に預けられ、イギリス、ポーツマスに残る。

一七六五　父はマサチューセッツ州ボストン近郊のナンタスケット（Nantasket）に定住、レイチェル・ウドワードと再婚。

一七六六　父が娘スザンナを迎えにきて、アメリカに行く途中ニューイングランド沖のラヴェル島で難破するが救助され、ナンタスケットで牧歌的幼年時代を過ごす。

一七七五　アメリカ独立戦争の勃発で家族の財産が没収されマサチューセッツ州ヒンガムに収容される。

一七七七　家族はマサチューセッツ州アビントンに移される。

一七七八　ハズウェル大尉の嘆願が認められ、家族はカナダのノヴァスコシア州ハリファクスに送られ、捕虜交換でイギリスへ送還される。

一七八六　書簡体小説『ヴィクトリア』（*Victoria*）出版。ロンドンでウィリアム・ローソンと結婚。

一七八八　詩集『パルナッソスへの旅』（*A Trip to Parnassus; or a Critique of Authors and Performers*）を匿名で出版。小説風の物語集『尋問者』（*The Inquisitor, or the Invisible Rambler*）『四方山詩集』（*Poems on Various Subjects*）出版。

一七八九　小説『メアリー』（*Mary, or The Test of Honour*）を匿名で出版。

一七九一　小説風の物語集『メントリア』（*Mentoria; or The Young Lady's Friend*）出版。

小説『シャーロット』（*Charlotte, A Tale of Truth*）出版。

一七九二　小説『レベッカ』（*Rebecca, or, The Fille de Chambre*）出版。夫の事業倒産。スザンナ、ウィリアム、義妹シャーロットはエジンバラの舞台に立つ。トマス・ウィグネルに会いフィラデルフィア行きに同意。

一七九三　トマス・ウィグネル一座と契約しフィラデルフィアに到着。折しも黄熱病の流行で一座はアナポリスに移動。

一七九四　フィラデルフィアへ戻る。戯曲『アルジェの奴隷』（*Slaves in Algiers*）、最初のアメリカ版『シャーロット』出版。後に『シャーロット・テンプル』（*Charlotte Temple, A Tale of Truth*）と改められる。

一七九五　小説『心の試練』（*Trials of the Human Heart*）、笑劇『志願兵』（*The Volunteers*）出版。

一七九六　ボストンのフェデラル・ストリート劇場と契約。ボストンへ移動。
一七九七　喜劇『イギリスのアメリカ人』(*Americans in England*) を最後に舞台を降り、ボストンでヤング・レディーズ・アカデミーという女学校を開設。
一七九八　ワシントンの誕生日を祝う歌を献呈。小説『ルーベンとレイチェル』(*Reuben and Rachel; or, Tales of Old Times*) 出版。
一七九九　ジョン・アダムズ大統領の誕生日頌歌を書く。
一八〇〇　詩「ジョージ・ワシントンを偲ぶ弔辞」を書く。学校をマサチューセッツ州メドフォードのより広い場所に移す。
一八〇二　ボストンのフランクリン・ホールで学生発表会を初めて開催。「ボストン・ウィークリー・マガジン」のコラム寄稿委員。夫とともにアメリカに帰化。
一八〇三　学校をマサチューセッツ州ニュートンに移す。小説『誠実』(*Sincerity*) を「ボストン・ウィークリー・マガジン」に連載。
一八〇四　詩集『雑詩集』(*Miscellaneous Poems*) 出版。
一八〇五　教科書『要約世界地理』(*An Abridgement of Universal Geography*) 出版。
一八〇七　教科書『つづり方辞典』(*A Spelling Dictionary*) 出版。学校をボストンのワシントン・ストリートへ移す。義妹メアリー・ハズウェルを学校経営の手伝いに雇う。
一八一一　朗読集『若い女性への贈り物』(*A Present for Young Ladies*) 出版。学校を広い場所ボストンのホリス・ストリートへ移す。

一八一三　小説『セイラ』(*Sarah, or The Exemplary Wife*) 出版。

一八一八　教科書『若者のための地理入門書』(*Youth's First Steps in Geography*) 出版。

一八二二　健康上の理由で学校経営から身を引く。教科書『父と家族の聖書の対話』(*Biblical Dialogues Between a Father and His Family. Exercises in History, Chronology and Biography*) 出版。

一八二四　三月二日六十二歳でボストンにて永眠。

一八二八　小説『シャーロットの娘』(*Charlotte's Daughter; or, The Three Orphans*) が死後出版される。

訳者あとがき

一年半くらい前のことであった。たまたまオックスフォード版『シャーロット・テンプル』を入手し、何気なく読みはじめた。その悲しいやるせない物語に私はたちまち夢中になり、一気に読んでしまった。

広島市近郊の大学でちょうど教鞭を取っておられたスザンナ・ローソンの専門家であるパトリシア・パーカー氏と親しくお話しする機会があり、まだ冷めやらぬ興奮と感動を大喜びで伝えた。パーカー氏は「日本にまだ紹介されていないこの物語を日本語に翻訳してはどうか」と、即座に勧められた。思いがけない勧めに即答はできなかったが、『シャーロット・テンプル』を何度も読み直し、スザンナ・ローソンについて知るようになるにつれ、是非翻訳したいと思うようになった。

いざ翻訳を始めてみると、翻訳の難しさ、自然な読みやすい日本語に訳す難しさに苦闘する毎日であった。そして直接的には決して女性の権利が主張されているわけではないけれど、シャーロットの悲哀の背景には当時の女性たちが「良妻賢母」とか、「家庭の愛の天使」とかの美名のもとで、男性の保護下に置かれ、家庭に閉じ込められ、精神的、社会的に自立する力を奪われていたことが次第に強く感じられてきた。そうすると、初めは少々煩わしく思われた、物語中随所でちょこちょこ顔を出しては始まる作者ローソンの説教も切々と聞こえてくるのである。女性の権利運動は遙か先の話であるが、社会のシステムによって人間としての自立を巧妙に阻止されていた当時の女性たちの嘆きが伝わってくる。

誘惑され、異国の地で身重の状態で捨てられた十五歳の美少女シャーロットに当時のアメリカの女性読者たちは我が身を重ね合わせて涙したことであろう。彼女たちの多くは貧しい移民であったり、田舎から都会に単身働きに出て来た女工や女店員たちであった。

ローソン自身、自分の執筆した小説の出版契約および収入はすべて夫名義によるという社会的制約を受けていた。そして晩年自分が経営する女学校のために、苦労してやっと手に入れた広い建物と土地も夫ウィリアムは勝手に借金の抵当に入れたのであった。

一七九一年イギリスで『シャーロット』が初めて出版された翌一七九二年には、当時はほとんど無視されて終ったメアリ・ウルストンクラフトによる『女性の権利の擁護』が出版されていることも述べておきたい。

そういった中で女性が社会で賢く生きていくためには、社会のシステムによって矮小化されていない正しい教育、人間として自立できる教育が必要であるとローソンは痛感する。それは女優ローソンが三十五歳で舞台を去って以後、生涯を女子教育に捧げたことでも明白である。彼女の思いは十九世紀を通じて広がりを見せることになる。

アメリカにおける十九世紀の奴隷解放運動は、女性たちに男性によって支配される自分たちは奴隷と変わらぬ状態であることを認識させ、女性の権利運動を大きく発展させていった。『アンクル・トムの小屋』が奴隷解放運動の原動力となったように、『シャーロット・テンプル』もシャーロットの哀れな運命に涙する女性たちに、自分たちの置かれた立場を意識させる隠れた原動力となったのであろう。だからこそ、発売以来現在までに約二百版を重ねるロング・ベスト・セラーとなったのである。しかし、二十世紀になり、女性の権利運動がある程度所期の目的を達成すると、この物語はその役割を終えたかのように急速に読まれなくなっていく。これは『アンクル・トムの小屋』が奴隷解放が成されると次第に読まれなくなったのと同様と考えられる。しかし、『アンクル・トムの小屋』が今なお読者に感動を与えているように、『シャーロット・テンプル』も、読者数は激減したとはいえ、今なおアメリカにおいて愛読されている。

それはこの書の持つ人の心を打たずにはおかないペイソス、哀感の故であろう。未知の環境に一人放り出された時の凄まじい不安と孤独感——それは多くの人が何らかの形で経験することである。十八・十九世紀祖国を離れ移民してきた多くのアメリカ人にとって、また田舎から都会に働きに出てきたアメリカの若い女性たちにとって特に切実に感じられたことであろう。ましてや妊娠して恋人に捨てられる苦悩も、男と女がいるかぎり、繰り返されている苦しみである。

物語の登場人物の運命を見ると、シャーロットばかりではなく、四人の主な登場人物すべてがそれぞれに哀れな末路を辿るのである。悪役ベルクールとラ・ルーについても、彼らは決して同情の余地のない真の悪人というわけではない。ベルクールもシャーロットの切々とした訴えに一度は哀れさに胸を詰まらせるのである。そして最後はモントラヴィルの刃にかかって非業の最期を遂げる。ラ・ルーは富も地位もなく、ただ生まれながらの女の武器をフルに生かし、周囲の人間をとことん利用しながら世の中をしたたかに生きていく。悪女とは言いながら、そのひたむきな生き様には単純に裁き切れない人間性が描かれている。悲惨な末路も自分の行為の当然の報いと潔く受け入れる。

悲劇の張本人であるモントラヴィルは本質的には善人であるため、誰からも罰せられることなく愛するジュリアと結婚し、多くの子供をもうけ一見幸せな人生を歩んでいるように見える。しかし、モントラヴィルの良心は彼を苛み、彼の憂鬱は夫を愛する妻ジュリアを不幸にし、彼は一生かけて罪を償うのである。ローソン夫人の死後出版された続編『ルーシー・テンプル』でのモントラヴィルの臨終の場面で、彼は長男ジョンの婚約者がシャーロットとの間の自分の娘ルーシーだと知り、絶望しながら息絶えるのである。

こうして全編に流れるのはやるせないペイソスである。人間の業の深さと言うべきか。そうした人間本来の不安、孤独、やるせなさが今なお『シャーロット・テンプル』

が読者の心に訴え、共感を呼んでいる理由かもしれない。
そのような人間の持つ根源的な悲しみをこの物語から感じて頂ければ、訳者として望外の喜びである。

翻訳にあたっては、読みやすさを第一に考え、注を付けるべき言葉の説明もできるだけ本文の中に入れるようにした。この物語が書かれた当時の小説は概ね書簡体形式であった。十八世紀末の作品『シャーロット・テンプル』はいわゆる近代の小説形式で書かれたはしりの物語である。そのため、段落などの区切りもなく、本文か著者の説教なのか判別し難い所がある。読者に分かりやすく読んで頂くため、訳者が適宜段落分けをした。著者の説教と思われる箇所に関しては他と区別して二字下げさせて頂いた。原本はキャシー・デヴィッドソン編オックスフォード版 *Charlotte Temple* を使用した。挿絵はすべてヴァージニア大学アルダマン図書館の許可を得て使用したものである。

本書を出版するにあたって次の方々にお世話になった。日本赤十字広島看護大学のパトリシア・パーカー教授からは原文の解釈において造詣深い教えを受け、折にふれて励まして頂いた。広島大学の伊藤詔子教授からは様々な面で細やかな助言を頂いた。長年の友人、山本明美氏には何度も訳文を読んで頂いて適切な助言を頂き、日本語の言い回しの大切さを教えて頂いた。夫、山本雅（広島市立大学教授）は辛口の批評で叱咤激励してくれた。溪水社の木村逸司社主、福本郷子氏からは出版に関する種々のアドバイスを頂いた。ここに心から感謝の意を表する次第である。

平成十五年六月

山本典子

訳者略歴

山　本　典　子（やまもと　のりこ）

1968年　広島大学文学部（英語英文学）卒業
1970年　同大学院文学研究科修士課程修了
1998年　広島国際大学医療福祉学部専任講師
（現在に至る）

専　攻　アメリカ文学

著　書　『ホーソーンの作品における女性像』
（溪水社、2001年）

論　文　「『シャーロット・テンプル』――哀感の力」
（『中・四国アメリカ研究』創刊号、2003年）
その他ホーソーン、メルヴィル、アンダソン、
J. C. オーツ等に関するもの。

生年月日　昭和20年９月18日

シャーロット・テンプル

2003年７月10日　発行

訳　者　山　本　典　子

発行所　㈱　溪　水　社

広島市中区小町１－４（〒730－0041）
電　話（082）246－7909
ＦＡＸ（082）246－7876
E-mail：info@keisui.co.jp

ISBN4-87440-757-9　C0097

FAX 専用注文用紙

弊社への直接注文にかぎり
送料・消費税無料でお送りいたします。
お知り合いの方にもぜひご推薦ください。

FAX　082−246−7876

シャーロット・テンプル	冊

お名前
ご住所 〒   電 話
送付先(上記以外に送付先がある場合のみ) 〒   電 話
お支払方法　□郵便振替　□カード(翌月一括払い) (カードの場合) カード会社名：　カード番号： カード有効期限(カード表記と同じ)：　月　年
メッセージ：

▲お支払方法にチェックがない場合、郵便振替でのお支払いになります。
▲振替用紙は書籍といっしょにお送りいたします。

キリトリ線